太平洋
吹来微微的风

暮荣司徒／著

亲爱的2姐,游哥:

感谢生命中的相遇相知。

好人一生平安!

陈志
2020.05.28.

DIXIE W PUBLISHING CORPORATION U.S.A.
美國南方出版社

太平洋吹来微微的风 / 暮荣司徒著

责任编辑：周景玲
版面设计：张龙道

Love in Vancouver and Guangzhou © 2020 by Linda Qin

Published by
Dixie W Publishing Corporation
Montgomery, Alabama, U.S.A.
http://www.dixiewpublishing.com

All rights reserved.

No part of this book may be reproduced in any form or by any electronic or mechanical means including information storage and retrieval systems, without permission in writing from the publisher. The only exception is by a reviewer, who may quote short excerpts in a review.

本书由美国南方出版社出版
▪版权所有 侵权必究▪
2020 年 3 月 DWPC 第一版

开本：229mm x 152mm
字数：107 千字
Library of Congress Control Number: 2020933287
美国国会图书馆编目号码：2020933287

国际标准书号 ISBN-13: 978-1-68372-250-2

作者简介

暮荣司徒，定居加拿大温哥华的写作人；中国青年作家网签约作家；加拿大女作家协会会员。在简书写作平台曾发表近一百万字各种体裁文章，担任简书"谈写作专题"副编，获得"简书优秀故事作者"称号。著有长篇小说《温哥华攻略》；作品《相思雨》被收录在浙江文艺出版社 2019 年 9 月出版的《故乡的云》全球华人散文集中。作者邮箱：7826160@gmail.com

内容简介

李天勤，洋名艾瑞克，幼时同父母一起移民温哥华，与大学同学林静相爱并闪电结婚生子，先在温哥华生活打拼几年，后经父亲，启德公司董事长李一德的同意，回流广州，开启了从头打拼的历程。艾瑞克掌管大型房地产开发和承建集团启德公司，总部在广州。在一次争夺北京招标项目的过程中，偶然发现职员林思敏是北京项目负责人黎明的女儿。本文讲述艾瑞克在物欲横流的社会中，如何保持自己的底线，帮助别人也帮助自己寻找真正的自我，处理纷繁复杂的感情与工作关系。他与林思敏，及与太太林静的闺蜜吴影之间感情纠葛，如何处理与女性纠缠不清的关系，领悟幸福家庭的真谛不在于一个面朝大海的高级豪宅。太太林静也将面对旧时追求者彼得的再次追求，她该如何处理家庭危机及维护家庭的和睦美满。这个发生在太平洋两岸，广州和温哥华的涵盖了事业，爱情和家庭的故事，讲述一个时代变迁下，有移民背景的家庭所面临的挑战和问题，通过他们的故事，讲出各自的答案。

目 录

作者简介..i
内容简介...ii

第 1 章 1
第 2 章 7
第 3 章 14
第 4 章 21
第 5 章 29
第 6 章 38
第 7 章 44
第 8 章 52
第 9 章 60
第 10 章 68
第 11 章 78
第 12 章 84
第 13 章 93
第 14 章 108

第 15 章 115

第 16 章 120

第 17 章 126

第 18 章 136

第 19 章 142

第 20 章 154

第 21 章 163

第 22 章 170

第 23 章 179

第 24 章 187

第 25 章 196

第 26 章 204

第 27 章 211

第 28 章 217

第 29 章 223

第 30 章 229

第 31 章 235

第 32 章 241

1

四月的广州，天气越来越暖和，日头里只穿单衣就可以。

启德公司位于珠江新城的甲级写字楼里，可以欣赏无敌江景。这是一个平常的周五，但对于启德公司来说，是个重要的日子。北京有一个重要的工程项目，启德已经花费了很多人力物力去争取，目前已进入最后阶段。此项工程的竞争对手们也纷纷想出各种高招，以期拿下项目拍板的关键人物，黎明。

启德公司的总裁李天勤，洋名艾瑞克，三十五岁，此刻正站在办公室的大落地玻璃窗前，默默等待马上要抵达启德的贵宾黎明。

艾瑞克之前特地亲自上北京，安排了与黎明的一个饭局，希望拉近与他的关系。结果却挨了黎明一巴掌，会面不欢而散。

不知黎明是否希望为自己的行为道歉，还是什么别的原因，今天他特地安排上启德公司一趟，算是回访。

这次难得的见面，让艾瑞克喜出望外，因为他刚猜到了一个秘密，这个秘密与黎明有关。如果艾瑞克是对的，那么北京项目将顺风顺水，拿下便是指日可待。

可万一他猜错了呢？也没什么，继续努力便是。

艾瑞克抬手看了看手上的百达翡丽表，时间快到了。他拉了拉藏青色的阿玛尼定制西装，整理了一下领带，走出了办公室。

项目小组刚提拔的经理，林思敏正拿着文件夹站在门口等他。

林思敏，二十四岁，刚从加拿大英属哥伦比亚大学毕业回国，回国后到启德应聘办公室文员，刚被艾瑞克指派到北京项目小组，并担任项目经理一职。

她个子高挑，身材瘦削，长发自然垂下。今天她穿着一身黑色紧身西装，戴着一串四叶草项链，利落，干练，成熟职业女性打扮。

"埃斯特，都准备好了吗？"艾瑞克笑着上下打量着林思敏。"今天很漂亮，一会好好表现。不懂回答的地方不要怕，记下问题，回头给客人答案。"

"李总，我已经准备好了，应该没问题。我本想退出这个项目，可你又不批准，只能好好干了。"林思敏苍白的脸上，今天特地打了点腮红，此刻她的脸更红了，可能因为紧张的缘故。

"我说你行，你就一定行。放心吧，有我呢。"艾瑞克轻轻拍了拍林思敏的肩膀,她内心犹如触电般,抽动了一下。"来吧,客人应该已经到会议室了。"

林思敏吐了口气,跟着艾瑞克来到会议室门口。艾瑞克转头对林思敏说:"你先等等,一会我叫你进来,你再进来。"林思敏点点头。

启德公司的董事长李一德,带着艾瑞克和公司其他高层大步走进会议室:"您好黎董,欢迎欢迎!您大驾光临,敝公司蓬荜生辉。感谢您今天百忙中抽出时间过来,真是荣幸之至。"

黎明没想到李一德会参加今天的会面,便一改往日的冷峻,热情地伸出手,"李董事长,好久不见,不知您今天也在公司,黎某非常荣幸。"

艾瑞克等父亲说完,也微笑地向黎明伸出手,"黎董您好!我们又见面了。有缘千里来相会,特别期待您今天的到来。"

黎明很客气地说:"小李总很能干,已经可以为李董撑起半边天了。谢谢邀请。"

大家一一握过手之后,艾瑞克笑着对黎明说:"黎董,知道您贵人事忙,一定有很多其他的事情需要处理,我们呢,也不想耽误您更多的时间。"

黎明听到,微微笑了笑。

"请给我十分钟,允许我们把北京项目的一些进展向您汇报一下。哦，不，由我们项目部的林思敏小姐向您汇报一下。"

黎明原本正低着头，面无表情地听着，一听到"林思敏"三个字，立马抬起头来，眼睛睁大，眉头扭在一起，"李总，您刚才说，谁向我汇报？"

"黎董，我刚才说，由我们公司项目部的林思敏小姐向您汇报一下，不会占用您太多时间，请给我们十分钟。"

不光是黎明，黎明身边两个助手都相互交换了眼神。

"好呀，李总。我有时间，没问题。我也想借此机会，对贵公司的计划和工程预算深入了解一下。"

林思敏从门外走进来，她胸前别着一个精致的蝴蝶随着步伐一摆一摆，脸上的微笑浅浅淡淡。

黎明看到林思敏，手忽然颤抖，原本刚拿起的茶杯一下不稳当，茶泼出了杯外。他脸上的表情很复杂，激动，开心，疑惑，欲言又止。所有的表情夹杂在一起，旁人看着也不禁好奇，却无人开口发问。

黎明的两个助手也是如此，他们惊讶的表情更大于黎明，脸上仿佛写着，"怎么会这样？"

林思敏仿佛不认识眼前这三位来宾，她熟练打开电脑和投影仪，脱稿开始演讲。"各位尊敬的客人，各位集团领导，大家好，我是林思敏，北京招标项目小组的项目经理，今天很荣幸，能有机会向各位领导做一个报告。这个报告主要是介绍我们招标小组近期的工作进程,以及预算核算标准。因为我是第一次做这个报告,如果有讲得不好的地方,请各位海涵和指正。也欢迎大家在我做完报告后,向我提出任何问题,我和我的同伴们,一定尽力解答。谢谢大家的关注。"

林思敏说完,浅浅地鞠了个躬。

李一德很满意地点头。艾瑞克一直在不动声色地观察黎明的反应。黎明和他的助手的表情,已经明确地告诉艾瑞克,眼前这个林思敏,一定是黎明很在乎的人,与他有着说不清道不明的关系。

在听林思敏介绍的过程中,黎明一直没说话,但他的脸上表情,还是很复杂,让人捉摸不透。

艾瑞克揣摩,黎明会在想什么?林思敏在启德,是好,还是不好?对北京项目,是有利,还是无利?无法了解黎明的想法,艾瑞克所有的疑问就没有答案。

听完十五分钟的介绍,黎明没有着急走。他还认真地就项目提出了几个问题,而林思敏也认真地回答了。问完问题后,黎明转身问李一德,"李董事长,我有个很冒昧地请求,不知合适不合适?"

"哦,黎董请直说,无妨。"

"谢谢李董事长。我能不能单独问林思敏小姐几个问题?"

李一德虽然内心很吃惊,表面却笑眯眯地说:"没问题,您随意问。林小姐一定知无不言,言无不尽。天勤,我们先出去,把会议室留给黎董和林小姐。"

　　其他人都很吃惊黎明的请求,包括林思敏。她听到李一德同意了黎明的请求,有点着急,但又不好反驳,她默默地站在会议室的圆桌前。艾瑞克和菲利普一点不吃惊,他们已经预料到此刻的来临。

　　大家都出去后,黎明站着,激动地轻声叫:"思敏,找你找得好辛苦。"

2

会议室里安静得一根针掉下都可以听到。黎明站在长型会议桌旁,思敏站在投影仪的白幕前,倒影映在幕布上。她假装没听到黎明的呼唤,低头收拾自己的东西。黎明看到思敏没有理会自己,心急如焚。

"思敏,你为什么不理爸爸?你知道爸爸有多担心你吗?你说毕业后不想回北京,没问题。你说要自己出去找工作,不靠爸爸,也没问题。你说要自己养活自己,更没问题。爸爸都依你,但是,你不能不理爸爸啊。从加拿大回国后,你一共就打过三个电话给爸爸,不告诉爸爸是否找到工作,更不告诉爸爸你住在哪里,这人海茫茫,我到哪里去找你啊?"

思敏停下手中整理的文件,抬头看着黎明:"我很好,有一份不错的工作,老板很器重,给我机会,自己也能养活自己,你不用担心。"一个多余的字都没有。

黎明眼里尽是温柔:"思敏,我知道你一直怪爸爸,觉得是我害了你妈妈,可是爸爸对你和妈妈一直疼爱有加,我自问，从来没有对不起她，更没有对不起你。你能不能，不要不理爸爸？"

这哪里是不可一世骄傲的黎董事长？声音微微颤抖，语气尽是哀求。思敏"哼"了一声，双手环绕放在胸前："黎董事长，你对得起谁，对不起谁，老天自有判定。我已经长大了，不是三岁小孩，不想再听你同我说这些。我的生活自己做主，想理谁，不想理谁，也自己做主。请不要干涉我的生活。现在你知道了，我在启德上班，也不用再费尽心机去找我的同学朋友打探我的消息。至于打不打电话给你，平时又没有什么特别的事，打给你干吗？"

黎明脸上表情非常复杂，他的一只手一直在微微地颤抖，眼睛里闪烁着说不清楚的光芒。女儿找到了终归是好事，至于当下思敏的情绪，已经不是一天两天的积累，又岂是一时可以缓和的？至少不用担心她吃苦受累了。虽说思敏从小都不是娇生惯养的女孩，可一个人远离家乡到异乡独自打拼，当爹的难免操心害怕。

"好好好，敏敏长大了，不用爸爸担心了，爸爸老了，变啰唆了，让敏敏讨厌了。"

会示弱总是容易让人心疼的。

思敏本来剑拔弩张的干架姿态稍微有点缓和，她的双手不再放在胸前，而是放下，放到桌子上。双眼喷出的不再是怒火，掺杂着点悲凉，她看到了黎明额前的那几条皱纹，好像加深了，太阳穴上不知什么时候，居然出现了老人斑。这是衰老的迹象吗？他也终于老去了。

"黎董事长，要是没有其他工作上的问题，我想告辞了，很多工作在等着我。可以吗？"林思敏脸上依然是客套的表情，已经看不出开心还是不开心。

"爸爸不耽误敏敏工作了，敏敏忙着呢。可不可以答应爸爸，每个月让爸爸看看敏敏好吗？你要是没时间去北京，没关系，爸爸来广州看你。好吗？"

眼前的这个男人，热切地看着自己，期盼着。林思敏心里很想拒绝他，断然拒绝，可说出嘴里却变成了："黎董事长，您的时间非常宝贵，没必要花在我的身上。"言语间带着讽刺，但没有拒绝。思敏有点恨自己不够狠心，但这个男人毕竟是自己的亲生父亲，为她提供一切最好条件，深爱她的父亲，他的眉梢在颤，他的双手在抖，他的声音在祈求。

"敏敏这是答应了？太好了！我就知道敏敏不会这么狠心，连爸爸都不见的。没关系，看你的时间，只要你有空，提前告诉爸爸，爸爸一定抽出时间飞到广州看你。今天实在太高兴了，已经很久没这么高兴过了。今天真是个好日子，要好好庆祝一下！"黎明边说边往外走，留下思敏一个人在空荡荡的会议室中，心中惆怅。

李一德和艾瑞克就坐在会议室正对面的办公室里，大门敞开。菲力普和其他几个高层都站在门口。黎明从会议室里走出来,李一德和艾瑞克马上站起来,快步走到门口迎接。

"不知黎董对林小姐的回答还满意吗?林小姐是我们公司的新人,年纪轻,资历浅,经验也不够,倘若哪些地方回答得让您不满意,请尽管提出来,我们有高级主管可以给您满意的答案。"李一德对林思敏的身份全然不知,艾瑞克在没有确认之前,不想惊动太多的人。

黎明在走出会议室的那一刻,就想好了一个能时时见到女儿的办法。"李董事长,您太谦虚了。现在的年轻人啊,都了不得。林小姐很优秀,也很认真,她为我提供了很多重要的信息,回去后我一定慢慢看。至于北京的项目吧,我有个想法,不知李董事长能否同意?"毕竟是说到自己的女儿,黎明表扬起思敏来,很矛盾,想把她说得更好些,但又害怕别人觉得自己夸张。

"哦,黎董已经有计划了?没问题,说来听听。"李一德心中满是疑惑。

"是这样,我认为这个北京项目,很多方面我们都需要进一步地考核,做调研,我看林小姐做事不错,要不,以后每个月,我来贵公司开一次会,听取林小姐做报告,您看可以吗?"

不光李一德,在场所有人都大吃一惊。这可是在北京不可一世，现在他居然主动说要同启德保持密切的关系，每个月都要上门来开会，还指定林思敏做报告。这中间到底发生了什么？谜底一定在林思敏身上，李一德已经闻出了空气里特别的味道。

"求之不得呢，黎董。这是敝公司的荣幸，大门随时向您敞开，希望您，多来广州指导工作，多多益善。"李一德一步向前，主动伸出了手。

黎明没有犹豫，伸出手相握，这中间其实带着拜托的含义，只是李一德不会体会得到。

艾瑞克笑吟吟地站在李一德的身后，没有说话。

"时间不早了，李董，小李总，各位，我先走一步了。"黎明声调柔和，笑容满面，一脸春风地朝会议室望了望。

李一德迅速地捕捉到这个细小的眼神，高声地说道："林小姐，贵宾要走了，你出来送一下。"

林思敏立刻从会议室里走出来，走到黎明身后，轻声地说："黎董您慢走，欢迎下次再来。"

黎明听到这柔和的声调，欣喜地转过头去，尽量按耐心中的激动，连忙点头："好的，谢谢你林小姐。我们下个月再见。"林思敏弯腰点头，以示尊重，其他并无多言。

一行人随着黎明快步走出了启德公司。

"天勤，你来一下我办公室。"李一德在电梯口看着黎明走进电梯后，对艾瑞克说。

11

艾瑞克随着父亲走进了气派的董事长办公室，顺手把门关上。"爸爸，您找我？"

李一德坐在棕黄色的皮沙发上，一边摆弄茶具，准备泡上一壶茶。他拿起中式茶桌上一个小绿铁盒，打开盒盖，先闻了闻，然后从里面倒出了翠绿色的茶叶，一片片，新鲜，灵动。"天勤，你杭州的曹伯伯，每年都送来明前的新茶。这茶，就他老家附近才出产，很特别，市面上买不到的呢。来，试试今年的新茶。"

艾瑞克坐在父亲身边："爸，您不是叫我来喝茶的吧。说吧，有什么想问的？"

"天勤，今天到底怎么回事？我知道你是知情的，为什么我事先不知道？"李一德一边烧上热水，一边问艾瑞克。

"爸，是这样。之前我很偶然的机会，猜到了林思敏的身份，但是不敢肯定，因为来不及去核实了，所以只能赌一把。结果，赌对了。就这么简单。事前没告诉您，主要是这件事我只有一半的把握，没有十足的把握，我觉得还是先不告诉您了。"

"你现在做事越来越稳重了，对分寸把握得很好。这件事安排得不错，不过爸爸就不明白了，林思敏是他的？"李一德抬起头，疑惑地看着艾瑞克，"黎明不像那种人，圈里基本没有他的花边新闻，难道是？"

"是的爸爸，林思敏是黎明的女儿，唯一的女儿。黎明的太太几年前去世了，之后他一直单身，身边也没有女伴，秘书都是男的，基本是绯闻绝缘体，一般女人很难靠近他的。现在可以肯定的一点是，黎明对这个女儿视若珍宝，女儿对他来说很重要。可奇怪的是，他好像并不知道自己女儿在启德上班，今天看得出来他很吃惊。而且："

"而且林思敏好像同他关系很一般，不像正常的父女关系。"李一德补充说道。

"爸爸，这就是天助我也。黎明是最难拿下的关键人物，以前我们一直苦于无法公关他，才导致北京项目没有实质性进展。他连见都不想见我。"艾瑞克边说，边想起了那一巴掌。"现在呢，他主动要求每个月要来我们公司开会，这是180度的大反转啊。只要抓住他，让他为我们背书，还怕北京项目拿不下来吗？"

"呜呜呜呜呜"水开了，李一德向艾瑞克的茶杯冲下了开水。

"不错，真是天赐良机。北京项目有戏了！"

艾瑞克轻尝了一口新茶，味道真不错，沁人心脾的茶香扑鼻。

他喝着茶，忽然想起，当年自己是如何被父亲拒绝回到广州发展。

3

三月的温哥华，春天的气息越来越浓，温度不低，风大得很。天蓝得清澈，花儿也挣扎着要破土而出，伸直腰肢。云朵是最美的，锦簇花团般，慵懒地挂在天边，天也不是很高，仿佛少年扬鞭策马意气风发轻易可以追到天涯。暗香留不住，多事是春风。

风儿似剪刀，把树叶剪成一片片，飘逸灵动，把林静的思绪剪成一缕缕。艾瑞克最近很烦。

大儿子嘉嘉已经开始学走路，小女儿月月也刚出生，他热切地期盼着能回广州发展，不要老窝在温哥华打一份出卖体力的工作。可他父亲李一德总是推说时机还没有成熟，不让他回广州。在李家，李一德是说一不二的大家长，他的决定没人可以推翻，这让艾瑞克每天都烦躁不安。

林静看在眼里，急在心里，她很想帮艾瑞克，可又不知自己的主意能否成功。无论如何，总要一试。

小女儿月月马上要满月了，林静听说公公回到温哥华，便给他打了个电话。

"爸爸，我是静静。听说您刚从广州回来。"

"是的我刚回来。你辛苦了,妹妹差不多满月了吧。"

"对的,妹妹马上就要满月了,还没见过爷爷呢,等妹妹满月了,我带哥哥和妹妹去探望您。您大概什么时候回去?"

"这次住半个月,所以不急。你刚生完,别出门吹风了,改天我同妈妈过去看你们。照顾两个孩子很辛苦,你自己要保重,好好休息。"

听到公公要过来,林静笑了。

"爸爸,那就辛苦你和妈跑一趟了。什么时候来提前告诉我一声就好。谢谢爸爸。"

挂了电话,李一德在想,很久没去探望孙子了,现在又有了孙女,是应该去看望一下。艾瑞克的妈妈在厨房听到了他们的对话,也喜上心头。平时都是她自己去探望艾瑞克和林静,老头子本来就少去,同艾瑞克大吵一架后,更是少去了。这一次,也是缓和大家关系的机缘。

林静挂了电话,看着睡在小摇篮的月月和在客厅的地板上蹒跚学走路的嘉嘉,默默地想,这个难得的机会,一定不能错过。窗台上几棵小肉肉,迎着暖阳,挺直了腰身,窗外樱花树花苞已经跃跃欲试,只等春风来,缭乱缤纷次第开。艾瑞克是否可以如愿,林静的这个努力至关重要。可如果真的实现了,那充满未知的一切,是她想要的生活吗?

15

艾瑞克下班回家，先是让嘉嘉骑大马，在客厅铺着字母垫子的地上爬了一圈，逗得嘉嘉"咯咯咯咯"笑个不停，后抱起小月月，边亲边轻轻摇晃，粉嫩的月月张着眼睛专注地看着艾瑞克，尖尖的鼻子像极了他小的时候，弯弯的眉毛，像新月。

艾瑞克抱月月绕着客厅走了几圈，听到自己肚子咕咕叫，便把月月递给了林静，自己到厨房找吃的。

"哇，我最喜欢的莲藕排骨汤！好香！"他迫不及待地盛了一大碗，坐在饭桌前，先闭着眼睛陶醉地大吸一口，然后狼吞虎咽地吃起来。

林静抱着月月坐在沙发上，正想着如何同艾瑞克开口，谁知他先说话："老婆，今天老板同我说，他要提拔我做主管。这样一来，工资也高些，不过工作时间要更长，我就更照顾不到家里了。你说我应不应该答应他？"

"老公，你不是心心念念想回广州发展吗？怎么，改变主意了吗？"

"你不是不知道，老爷子一直反对我回国，为此我们吵过多少次，这次还基本闹翻。我就奇怪了，别人家都是催着自己的儿子回去接班，我父亲居然三番五次阻拦我回去，什么道理？再说了，我说要回去发展，也没说一定要回家里的公司，我可以去应聘，去打工，用自己的双手和能力，证明给他看，我不靠他也能闯出一片天地！可他为什么偏偏不相信我？太不可思议了。算了，不说了，说了就来气。"艾瑞克见自己越来越高的声调有点吓着嘉嘉。嘉嘉原本自己在地上玩，听到艾瑞克激动的语气后都停住了，转头定定地看着他，也不哭闹。

"艾瑞克，让我来试试。老爷子刚回来，我今天打了电话给他，原本想带着嘉嘉和月月上门看望爷爷，但爸说害怕我辛苦，打算这两日过来。"

"静，别，千万别试！爸的脾气我知道，可倔了。他认定的事情，十头牛都拉不回。你这是白费功夫。"艾瑞克吃完一块藕，把汤一饮而尽。

"老公，不试试怎么知道？为了你的理想和梦想，一切都值得。再说了，反正爸都要来，就当是上天给的机会呗。"林静认真地看着艾瑞克。

艾瑞克知道她是有主意的人，一旦决定的事情，就会义无反顾地去做，再阻拦也没有用。"好吧，说好了，爸要来的时间提前告诉我，我回避。"

"不，你一定要在，你不在就不成了。要回去是你的心愿，你不在怎么行？你不争取怎么行？"林静很坚持。

"什么？我要在？那不又要自取其辱吗？这回还要当着我两个孩子的面？怎么可以？不可能！"艾瑞克惊讶林静居然有这种主意。

"老公，你能不能信我一回？就一回。我有自己的打

17

算，应该有机会说服爸。至于爸的用词，根据我对爸的了解，他一定不会当着我和孩子们的面，说什么难听的话，放心吧！"林静说完把月月又塞到艾瑞克手中，自己拿起碗到厨房去洗了。

多年以后，林静依旧清楚地记得那一天。

人面不知何处去，桃花依旧笑春风。

春天是个好季节，给人希望。希望就像火，可以燃烧梦想。希望就像兴奋剂，让人在困境中不至于麻木而沉沦。艾瑞克在杂货店搬货搬了很久，久到老板都要提拔他做主管的时候，在他对回广州不抱希望的时候，林静想出了帮他的办法。其实办法只有一个，就是要打动老爷子。不要以为你可以随意做任何选择和决定，在李氏家族里，李一德有着至高无上的权威和魄力。在他们的家庭文化中，老爷子的地位不容得别人的挑战。艾瑞克在这样的氛围中长大。

有一次他对林静开玩笑说："你养过蝈蝈吗？蝈蝈这样的动物，如果你从小就把一个笼子罩着它，让它最高能蹦到的高度，就是笼盖，那即使以后你把笼盖取开了，它就算有多大的本事，条件反射会让它还是只蹦到笼盖的高度。有趣吧？"艾瑞克借此来比喻自己，常年在父权威严的家族环境中长大，如果父亲不同意，他是不会贸贸然做出一个有悖父亲意志的决定的。

林静当然清楚艾瑞克的苦恼，作为一个局外人，她决定自己来打动艾瑞克的父亲，尽管没有十足的把握。在李氏大家族里，女性的地位不可替代，但是不能做主。

艾瑞克父亲和母亲来的这天，天气特别好，太阳照得人暖洋洋的。母亲拎着保温杯，里面装着老火靓鸡汤，是乌丝走地鸡，林静的至爱。

艾瑞克开的门："爸，妈，有心了，还专门来看我们。"李一德心情很好，一脸笑容："天勤啊，恭喜你，又做父亲了。你们这样的节奏很好！争取明后年再生一个。"他边说边脱鞋进了屋。艾瑞克回头看看林静，两人露出了无可奈何的笑容。

母亲把鸡汤放到餐桌上："别听他的，静静，你太瘦了，先把身体养好再说。他们男人以为生孩子像下蛋，说下就下，哪这么容易？他们下一个试试？"艾瑞克毕竟同母亲更亲近，赶紧趁父亲不注意，向母亲竖起了大拇指。

父亲看到站在电视机前看电视的嘉嘉，欢喜得不得了，弯下腰，一把抱住嘉嘉："我的孙儿啊，都这么大了！孩子长得快，一段时间没见，都变样了。"说完就要去亲嘉嘉。

嘉嘉一下有点蒙，四处找林静和艾瑞克，奶声奶气地叫："爸爸，妈妈！爸爸，妈妈！"

艾瑞克走到嘉嘉身边，蹲下来温柔地说："嘉嘉，别怕，这是爷爷。他最疼你了，来，叫爷爷。"嘉嘉挣脱出爷爷的手，

19

扑向爸爸，缩在爸爸的怀里，怯怯地看着爷爷。

李一德虽有点失望，但没有影响心情，四周打量了一下客厅的摆设，地上有嘉嘉的玩具车，沙发上有月月的绒毛公仔，客厅角落摆着纸尿布的箱子，房子虽小，东西虽多，倒也收拾得整齐干净。正对沙发的墙上，挂着艾瑞克和林静的婚纱照，两个人笑得灿烂。

"爸爸，这是小月月。"林静从房里抱出女儿，递到李一德面前。"月月，爷爷来看你了。快，笑一个。"

4

　　李一德小心翼翼地接过月月，她粉嫩的脸蛋带着婴儿的奶香。刚出月子的小人儿，满头乌黑的头发，像极了艾瑞克小的时候。溜溜的大眼睛眨巴眨巴，睫毛卷翘像洋娃娃。李一德看着仿若艾瑞克翻版月月，疼爱之情溢于表，抱在手里生怕化了，忍不住亲了月月几口。月月扑闪着大眼睛，仿佛想同爷爷交流。

　　"阿静啊，真是辛苦你了，嘉嘉还小，你要照顾两个孩子，又没有人帮，真是太不容易了。"

　　"爸爸，艾瑞克一直帮我，妈妈天天过来，把好吃的好喝的送过来，又帮忙看嘉嘉，所以不是很累，谢谢您的关心，我休息得很好。" 林静一边准备茶水，一边同公公说话。艾瑞克则在一旁看着满地走的嘉嘉。客厅本来就不大，嘉嘉在绕着圈圈，走着走着，就忍不住想跑起来，跟跟跄跄，好像要摔倒时，自己又站稳了，然后继续向前快步走。

　　"孩子转眼就大了，你看，仿佛嘉嘉昨日刚出生，这会已经能走想跑 了。"嘉嘉听到爷爷念叨自己的名字，忽然停下来，肉嘟嘟的小脚没穿袜子，稳稳地撑着胖乎乎的身子，两只手想鼓掌。林静指着李一德对嘉嘉说："嘉嘉，这是爷爷。好久没见到他了吧。你要能叫一声爷，爷，他肯定很开心。"

林静笑着随口一说，大家都笑着看着嘉嘉。

"爷爷！"嘉嘉毫无征兆地叫了出来，一点不费劲。

四个大人忽然愣住了，谁都没想到，嘉嘉真的能叫出爷爷。这是他第一次叫爷爷，刚学会叫爸爸妈妈没几天，居然已经会叫爷爷了。

李一德把手中的妹妹轻轻地放在艾瑞克妈妈的手上，快步走到嘉嘉面前，一把抱起嘉嘉，把他举得高高的，头都要顶到天花上，他有点怕，有点乐，开心得"呵呵呵呵"地笑。

艾瑞克也很激动："爸，嘉嘉会叫爷爷了，太开心了。"

林静把茶给艾瑞克的父母斟好，放在餐桌上，走到沙发上，坐到艾瑞克身边。李一德上上下下地举着嘉嘉来回好几趟，终有点累了，便放下嘉嘉，让他自己在垫子上走。

待李一德坐回餐椅后，林静看了看艾瑞克，眼神里有坚毅，又伸出手去握了握艾瑞克的手，下了决心，对李一德说："爸，有件事，憋在心里很久了，今天想同您说，不知合适不合适。如果您觉得我说得不对，也请原谅我的心情，好吗？"

艾瑞克已经猜到了林静的想法，他有点无奈，但已经无法阻止，因为他清楚林静的性格，一旦决定的事情，是不会改变的。

　　李一德正端着杯子准备喝口茶，听到林静这么说，便把茶杯放下，笑着说："阿静啊，你过门这么久，爸爸没见你这么严肃过，一定是什么大事吧。说吧，爸爸听着，也绝不会不高兴。"

　　艾瑞克低下头，嘴里小声嘀咕，"一会你马上就会晴转阴了，话别说这么早"。听到公公这么温和的话语，林静心中多了一分的信心。她知道，公公一定会看在两个孙子的面子上，不发太大的火。艾瑞克的妈妈抱着小月月，轻轻地摇着，猜到了林静七八分的心思，也替她捏了把汗。要知道，老爷子在家中是说一不二的，没有人敢挑战他的权威，今天，林静除外。

　　"爸爸，是这样的。"林静慢慢地，一字一字地说："广州，是一个对我来说非常陌生的地方，从未去过。只知道那是一个南方的大都市，热闹，繁华，充满机会和生气，是年轻人都向往的地方。大学毕业时，也曾想过到广州去淘金，去打拼，寻找属于自己的机会。可现在不同了，结了婚，生了两个娃，假如你同我说去广州生活，我一定一百个不愿意，因为我去了那里，将很难适应，既没有亲人朋友，连语言都不通，气候同我的家乡或者温哥华都太不一样，想起来都怕。"

林静说到这，停住了，眼光从李一德身上转到了嘉嘉身上，又暗暗地握了握艾瑞克的手，他的手心已经开始湿润。

"哦，阿静，我在听。"李一德认真地说，没有端着以往常见的威严。

"爸爸，我想说，如果你要我选，我一定不会选择广州。但是，如果为了艾瑞克，我一定选择广州。尽管对于我来说，广州意味着一切从头开始，意味着陌生，意味着寂寞和鬼天气，我都会义无反顾地去，没有半点犹豫。因为广州是艾瑞克的故乡，那里有他的根，他的希望，他的梦想，他的人生大计。我知道广州对于他，将是从男孩变成真正男人的出发点。而温哥华，将是埋葬他青春的地方。爸爸，即使我一百个不愿意，一万个不喜欢，都会毫不犹豫地站在他身后，跟他回广州。"

李一德的脸色开始有点难看，但意外的是，很快他的脸就舒展开来，嘴角还稍微上扬了。林静和艾瑞克都注意到这个细节，他们握在一起的手，更紧了，对视的眼神有晶莹闪动。

"爸爸，我知道您一直不同意艾瑞克回广州，因为您觉得他还没准备好，需要历练得更老练些，这些我们都明白，也理解。但是，您考虑过他的感受吗？"林静的脸红起来。

艾瑞克的头埋得很低，不说话。

李一德一直没有说话，却也没有发怒，就是若有所思地听。

"今天爸爸要怪我不懂事，多嘴，我也认了，但是我必须说。"林静眼里全是疼惜，看着艾瑞克低着的头。

"艾瑞克不小了，他是两个孩子的父亲，也是有责任心的老公。"林静直视公公，目光期待："您可能不知道，艾瑞克是一个很能吃苦，从不抱怨的人。从我认识他那天起，他什么活都干过，一边上学，一边打工，餐厅接待，洗碗工，搬运工，现在，他们杂货店老板已经要提拔他做主管了。您说得对，他可能经验不足，他可能为人还不够老道，可是，经验是在磨炼中积累的，不是吗？就算在加拿大，大学毕业后他做了会计，又能有什么特别好的发展机会呢？您心里清楚，温哥华永远不可能有像广州那样的发展机会。趁着他还年轻，又有一股拼劲，为什么就不能回去试试？"

李一德的脸上从微笑到稍微吃惊到后来恢复微笑，他全程没有说话。看得出他并不反感林静说的一番话，这让她暗暗放心。林静顿了顿，继续说下去："爸，即使我如何恐惧和不愿意去广州，为了艾瑞克的梦想，我不会有半分犹豫，他去哪，我和孩子就去哪。今天我鼓起勇气同您提这件事，也希望您别见怪，艾瑞克起初是不同意我同您说的。但我坚持要说，因为我觉得您很疼爱他，一定也会考虑他的感受，他的梦想的，不是吗？我的老公我有信心，他一定能成功。即使不成功也没有关系，至少，没有遗憾了。

我说完了，爸。"林静吐了口气。

大厅里静悄悄的，月月睡着了，嘉嘉已经走累了，自己坐在塑料垫子上摸着一条毛茸茸，长型五颜六色的玩具虫，他最喜欢的玩具。窗口"叽叽喳喳"传来几声鸟叫，时光有点凝固。

艾瑞克终于鼓起勇气抬起头："爸，您别怪静，她心疼我，不希望我不开心，可我就是不甘心，不想总待在这沉闷，永远看不到希望的地方。是，我可以干苦力，可以干会计，您想我学什么，我就学什么。您想我留在这，我就留在这，但是爸，我真的很着急，时间不等人，我再不回去，可能就永远回不去了。"艾瑞克说完，也吐出一口气，侧身看着林静，目光里写着温柔。

艾瑞克妈妈终于开口："老头子，今天我也说两句，你别嫌我啰嗦。天勤真的很懂事，这么多年来，从不给家里惹麻烦，也不乱花钱，从14岁开始，他就知道找工作打工。现在他成家了，当爸爸了，是时候让他回广州了。他很幸运，找到阿静这样的好老婆，我心里不知多高兴。阿静今天的一片心意，我都感动了，你若不同意，就真的说不过去了。"说完，她低头亲了亲小月月。

"天勤，阿静。"李一德缓缓地叫他们名字，"辞职需要多久？提前一个月吗？阿静没去过广州，广州以后就是你第二个家了。那将不是个陌生的城市，我们有很多亲戚朋友，他们都是你的家人，别见外。哦，对了，粤菜还是很好吃的，到时爸爸带你去试试不同的美食，看你会不会喜欢？"

艾瑞克瞪大了双眼，不可思议地望着爸爸，又看看妈妈，妈妈点头微笑，然后他转向林静，眼里是询问。林静点了点头。李一德终于同意艾瑞克回广州打拼了！多年的愿望终于可以实现啦！艾瑞克的心怦怦地大力跳，一切那么地不真实，让他不知所措。

"爸爸，谢谢您！真的。"声音带着哽咽，艾瑞克不知说点什么。

"傻孩子，爸爸原先真不知道你一直这么努力，是爸爸不好，没了解清楚就急忙否定你，委屈了吧。"

李一德的推心置腹让艾瑞克忽然一下嚎啕大哭起来，嘉嘉吓了一跳，抬起头来看着他。月月也皱着眉头在奶奶的怀里动了动。艾瑞克妈妈马上起身往卧室里走去，生怕吵醒了月月。如果泪水可以冲刷一切哀愁，拼命地流泪让艾瑞克释放多年来积下来的心结。这一刻，他决定与爸爸和解，与往事和解。

"爸，我真的很开心，所有过去的一切都值了！我会证明给你看，我有能力去接你的班，你就拭目以待吧。"艾瑞克的声音已经没有了哽咽，更多的是坚定。

林静轻轻地抚着艾瑞克的背，心中忽然升起一个疑问，可转念即逝。艾瑞克的爸爸，在广州有一个很大的班需要艾瑞克去接吗？她随即便想，无所谓了，大与不大不重要，只要艾瑞克开心就好，一家人在一起，比什么都重要。

李一德走到嘉嘉身边，一屁股坐在塑料垫子上："嘉嘉，爷爷陪你玩，你在看什么呢？"

"爷爷，爷爷。"嘉嘉开心地叫起来，指着心爱的虫子。

林静从旁边茶几递给艾瑞克一张纸巾："我去做饭了，你陪爸爸和嘉嘉吧。"

一阵风吹过，窗前飘过了樱花雨，这年樱花季，马上要落幕了。

5

得到老爷子许可的艾瑞克，心心念念马上飞回广州，展开新的生活。这天下班后，他同杂货店老板阿全提议："老板，下班有空吃宵夜吗？我请你！"

阿全是个典型的广东人，老华侨，来温哥华打拼三十年，五十来岁，个子不高，精瘦，皮肤黝黑。他脱下工作手套，擦了擦汗，对艾瑞克说："小子，有什么喜事啊？赚那点钱不容易，我请！下班后咱们去吃宵夜。"

入夜后的温哥华，温度一下降得很低，月亮很圆，月光照在京士威大街上，车辆三三两两，行人稀疏。

艾瑞克和阿全来到京士威大街的一家粤式餐厅吃宵夜。他们点了干炒牛河，瑶柱蛋白炒饭，还有一个豆豉鲮鱼油麦菜，一人要了一瓶本地啤酒可可尼。

两人累了一天，都饿了，大口吃饭，干了几口啤酒后，阿全问道："艾瑞克，到底有啥喜事？"

艾瑞克一喝酒就脸红，他开心地笑着说："老板，我要走了！"

"啊？"阿全瞪大眼睛问："你要走？走去哪？是不是另谋高就了？"

艾瑞克腼腆地摇摇头："不是不是，我要回广州了。"说罢，又喝了一口可可尼，眼睛眯成一条线。

"回广州？这么突然？你不是一直说，老爷子不同意你回去吗？怎么，他改变主意了？"阿全挑出一条豆豉鲮鱼，大口吃下。

"我太太求的情，把我爸打动了。他同意了，我也很意外，本来都不抱任何希望了。现在忽然同意，我一直不敢相信呢。来，干了！"艾瑞克举起了可可尼。

阿全的眼睛里若有所失，举杯一口把可可尼干下："好事好事！恭喜你！终于得偿所愿。祝你一切顺利！"

艾瑞克的鼻子忽然有点酸。阿全对他不薄，平时加班都给足加班费，时不时还把店里的青菜，水果给艾瑞克带回家，现在刚准备提拔他做组长，因为他很看重艾瑞克。这下，艾瑞克忽然要回流了，阿全的失落感都在眼睛里。

"老板，你对我的好，我都记在心里。你教会了我很多做人的道理，我也一一记下了。多谢你一直以来对我的照顾，给我的机会，我艾瑞克永世难忘。真的！"边说，艾瑞克有点哽咽了。

阿全拍拍艾瑞克的肩膀："傻孩子，别难过，这本是开心的事，我替你高兴。广州是个大都市，充满机会和挑

30

战，你很聪明，又肯吃苦，不怕没有出头之日。我看好你。日后发达了，别忘了回来看看我们。"阿全的声音里有不舍和惆怅。

艾瑞克红着眼睛说："老板，我怎么会忘了您呢？像师傅也像大哥，一直这么照顾我，都在心里。"

阿全笑了："那就好，发达了记得回来请我吃大餐呢！来加拿大三十年，我是回不去了，老老实实在这里经营我的小店，赚点小钱，比上不足，比下有余。知足常乐，蛮好的。你别看国内的人发大财就羡慕别人，其实他们也是有苦难言，吃得咸鱼抵得渴，人前享福，人后要受多少罪，只有他们自己知道。你也一样，别光想着光鲜亮丽一面，要付出什么样的代价，还未可知呢，年轻人。"

艾瑞克呆呆地听着阿全的话，若有所思地说："是啊，前途茫茫，我只知道一定要回去，但是回去后，路在哪里，可以干什么，心里一点底都没有，慌得很。"

餐馆里的人渐渐少了，旁边有情侣在窃窃私语说话，还有一桌的食客看着也像刚下夜班。透过门玻璃，外面的街道冷清寂静，服务生靠着柜台在聊天，艾瑞克和阿全，各自想着自己的心事，低头吃着盘中的宵夜，凌晨的寒意逼人。长夜过后，会是明媚的早晨还是暮霭，艾瑞克不知道，但心中不畏惧，只要想起故乡，就感觉心潮澎湃，他觉得非要闯一闯。他想为妻儿创造美好的生活条件，他想证明

31

给父亲看，自己可以接过启德集团的班。

说起为妻子林静许下的诺言，他想起那天他们在市中心一起看海的情景。

结婚之后，艾瑞克和林静租了一个小公寓，走路到艾瑞克家不过十分钟，天天一起上学，一起放学回家吃饭。林静有时还帮小孩子补习数学，艾瑞克在杂货店搬货。

没多久，林静就怀孕了。公公婆婆高兴极了，他们都觉得这是个良好的开始。他们希望艾瑞克起码养育三个孩子，多子多福。日子周而复始，简单，平淡，还有点清苦。艾瑞克感觉到了即将要做父亲的压力，压力是一只无形的手，推着他更努力地工作，常常加班。

林静因为孕期反应太厉害，就休学在家，也没去做家教，专心养胎，每天早上会帮艾瑞克准备午餐饭盒，既省钱，又锻炼厨艺。她原来不会做饭，结婚后被逼着学做饭，好在艾瑞克吃饭从来不挑，吃什么都香。

这天临近中午，她忽然发现艾瑞克的午餐忘了带去杂货店，便搭公车，转了一趟，来到了市中心的艾瑞克上班的地方。她从没来过店里，只知道艾瑞克干着又脏又累的苦力活，每天都是搬货和理货柜。老板阿全对艾瑞克还算不错，常常鼓励他，"年轻人，好好干，不要怕苦怕累，天道酬勤，只要能吃苦，将来一定能熬出头，打出属于自己的天地。"

林静挺着大肚子站在店门口,不知艾瑞克是在店面理货,还是在后面卸货。杂货店门口是雨棚搭出来的一块地方,满满当当地堆着蔬菜水果,两个中年妇人在低头挑选。

她正犹豫要不要进杂货店的时候,忽然听到店里传来清脆的女声,"艾瑞克,这个西瓜甜得很,你快试一下。"听到有人叫艾瑞克,她便往店里走,只见水果架旁,一个年轻女子,穿着吊带背心和牛仔裤,长发披肩,瘦瘦高高的个子,正举着一块西瓜,递到艾瑞克的嘴边。女孩的手涂着猩红的指甲,举着那块西瓜迎着光,红灿灿的,刺眼。林静的心咯噔一下往下沉,她正想前去,转念一想,便止住步,看看艾瑞克怎么处理。

艾瑞克一边低头理货,一边说,"我吃过了,是很甜。你吃吧。"女孩没有走开的意思,把西瓜往前递得更近了,身子也往前靠去,"艾瑞克,我专门给你挑的,你必须吃!"

林静紧紧拽着手里的饭盒,恨不得掐出一个洞来。

"小姐,你别逼我了,待会老板看到,会以为我怠工不好好干活。你命好,不用干活,我家里还有老婆孩子要养活呢,你别害我丢了工作。"艾瑞克很认真地看着女孩子说,神情严肃,没有笑容。

女孩子呆住了,"什么,他们说你结婚了,我以为是骗我的。艾瑞克你真的结婚了?哄我的吧?什么时候的事情?怎么从没见过有女孩子来找你?也没见你戴过结婚戒

33

指！"女孩子原本白皙的皮肤蒙上一层忧郁和不忿，大声地质问着他。眉头紧皱，拿着西瓜的手，慢慢地放下。

林静下意识摸了摸天天戴在左手无名指上的戒指。

"小姐，我整天在这搬货，戴着戒指不方便，所以我从来不戴。要不，明天戴上给你看看。"听到女孩的质问，艾瑞克不恼，反而笑了，"我不仅结婚了，马上要做爸爸了，所以我要更努力地工作。我知道你在想什么，但是对不起，我给不了你想要的东西。"说完，继续低头理货。

林静的嘴角不自觉地向上提，用手摸了摸肚子，好像是想提醒孩子听爸爸的宣言。

女孩怔怔地看着艾瑞克，神情落寞，拿着西瓜的手垂着，隐约有晶莹的东西滴下，滴到西瓜上。艾瑞克头也不抬对她说，"快中午了，还不去吃饭，肚子不饿吗？"

林静释然，艾瑞克特别有女孩子缘。他细心，体贴，有义气，对女孩子一向照顾有加，有温度但不轻浮。世间女子求的，也不过是关爱和安全感，同艾瑞克在一起，会有这种安全感。

她默默地走到艾瑞克身边，轻轻叫了一声，"老公。"

艾瑞克转头一看，高兴地大叫一声，"老婆，你怎么来了？"双手在围裙上擦了擦，握住了林静的手。"今天感觉怎么样？宝宝乖不乖？有没有踢你？"

女孩吃惊地看着这个大肚子女子，被艾瑞克唤作老婆，她脸色青白交接，扭头就走，走到门前，"啪"，用力把西瓜扔进了垃圾桶，好像粘在手上不舒服。

"你忘了拿午餐，我给你送过来。"林静笑了。

艾瑞克小心地摸了摸她的肚子，"你还特地坐车过来，累不累？下回就不要这么累了，我自己买个汉堡吃就行了，你要多休息，千万别累着。"接着又弯下腰，对着林静的肚子说，"宝宝，你要乖乖地，不要老踢妈妈，妈妈会难受的，知不知道。"

林静看着眼前这个长着大男孩脸的男人，周围有买东西的顾客，有一起上班的工友，他们投来惊奇的眼神，他身上的父性光芒，足以让任何女人动情。

林静把手中的饭盒递给艾瑞克，"老公我不累，医生不是说孩子太大了，要我多走走吗？倒是你，工作别太辛苦，该休息就休息，该吃西瓜就吃西瓜。"看到艾瑞克额头上的细珠，她拿出一张纸巾帮他擦汗。

艾瑞克听着笑了，"呦呦呦，老婆，我怎么闻到了酸酸的味道？西瓜太甜，我怕牙疼。我还是觉得你做的饭最香。"他一边脱下围裙，一边向柜台走去，"走，我同经理请个假，陪你到海边走走。你难得来城里一趟，这里离海边近，海边的风景可美了。"没等她回话，艾瑞克大声对柜台前的老板说，"老板，这就是我常常同你提起的好老婆林静。她给我送饭来了，我想请个小假，陪她到海边走走，可以吗？"

35

之前想喂西瓜给艾瑞克的女孩，嘟着嘴气呼呼地站在收银台前，瞪着艾瑞克。老板阿全正在点货，头也没抬就说，"去吧，今天不忙，你早去早回。"

艾瑞克小跑回到林静身旁，拉起她的手往外走。一边走一边向其他同事点头，"这是我老婆，来给我送饭呢。我们出去走走，一会就回来。" 林静有点不好意思，也同大家点头，像新婚回门的小娘子。同事们吃惊地呆站着，还没有反应过来之时，艾瑞克他们已经走出店外。

温哥华的市中心比他们居住的城市本拿比热闹多了，人多车多，在临海的街上，还看得到海鸥。雪白的海鸥时而低飞，时而冲高，扑扇着翅膀，偶尔还会冲天发出尖尖的叫声，仿佛呼唤远处的朋友。"嘟嘟嘟嘟，嘟嘟嘟嘟，"天空忽然降落水上飞机，犹如点水的蜻蜓。远处有大船缓缓驶过，底座是猪肝红色，大船懒洋洋，海面泛起的涟漪，被大船推了又推。再远的地方，有星星点点的白帆。风不大，船儿像似固定在海面，宛如海面的图标一般。

艾瑞克紧握林静的手，吹着海风，晒着太阳，指着隔海相望的山说，"老婆，你知道对面是哪里吗？"

她望着内湾的对面，那是北岸连绵的山，山坡上有层层叠叠的房子，远看像极了孩子玩的积木房子，有些屋顶被阳光照着，反射着光，闪眼睛。山顶是墨绿的树林，茂密得像新生儿浓密的头发，你挤着我，我挤着你，争先恐后地挺直着腰杆。

"那里好像是西温哥华吧，听说山上都是豪宅，有名的富人区，房子很大，有的还有室外游泳池，可以欣赏无敌海景。也可以看到海面上时不时飘过的轮船，光想着都很美。有朋友还给那种面朝大海，春暖花开的无敌海景房取了一个很好听的名字。"

"哦，什么名字？"艾瑞克好奇。

"叫作此生无悔房。就是说，能住到这种房子里，今生无悔！"林静看着远处山上的房子，思绪已经飘远。

"没错，那就是西温哥华，一个特别美的地方。我爸爸有好几个朋友都买在那里，特别大的房子，豪华，气派，无敌海景一览无遗。你还记得艾米丽吗？我爸爸朋友的女儿。她就住在西温。那是享受生活的地方。"艾瑞克走到林静身后，从后面抱住她，在她耳边轻轻地说，"老婆，相信我，我一定会努力，给你和孩子买一个西温哥华的大豪宅，住上可以躺在床上观景的房子，然后慢慢数，一天到底经过了几条船。你说好吗？"

那是多么美好的一个梦。

在靠山面海的半山顶级豪宅区，有一栋属于自己的房子，即使不大，即使不新，也不可能是他们这辈子通过奋斗实现的。林静心中非常清楚这一点。

"老公，我特别喜欢这个计划，听起来非常振奋人心！你就是我和孩子的顶梁柱。"她扭过头去，用唇封缄了他的誓言。

37

6

艾瑞克从李一德的办公室走出来,想找林思敏谈一谈。

林思敏走到艾瑞克的门口,敲了敲开着的门。"请进。"艾瑞克向她挥了挥手。

她慢慢走到艾瑞克的桌前:"李总,您找我?""请坐。"艾瑞克示意林思敏坐在他书桌前面的椅子上。林思敏坐下后,神情有点紧张。

"埃斯特小姐,我想了解一下,今天黎董同你问了些什么问题?有没有为难你?你不知道我有多紧张。黎董是一个很不容易打交道的人,我见他单独问你问题,生怕他专门问一些刁钻的问题。你刚来公司不久,对项目又不是很了解,当时真帮你捏了把汗。你知道,他是我们拿下北京项目最关键的核心。所以啊,怠慢不得。"

艾瑞克说这话的时候,言语间充满真诚的关怀,并不只是客套地问问,这让林思敏心生感动。"李总,黎明是我爸爸。"

"哦?"艾瑞克听到林思敏这么直接地告诉自己,心里很惊讶,尽管他早已猜到,可掩不住脸上的吃惊:"你是说黎董他是你亲生父亲？那你怎么……"

"你是说，为什么他姓黎，我姓林吗？因为我妈妈姓林，我同她姓。黎明是我亲生父亲，所以早前我就想同您申请不跟进北京的项目，目的就是为了避嫌。"

"原来如此。那不一定啊，能同自己的父亲一起做一个项目，这种感觉一定蛮奇妙的。我觉得没有什么嫌要避的，相反，这对公司还是一个优势，之前想约你爸爸可难了，好不容易才能见上一面，他还……总之，现在不是很好吗？他对这个项目很重视，对启德同他们集团的合作有兴趣，还提出每个月来开会，简直就是天助我们公司也。这一切都是因为你的缘故，公司真心要感谢你呢。"既然谈开了，艾瑞克也不掩饰什么，对林思敏说出自己的心里话，声调柔和。

林思敏脸上浮现很奇怪的表情，说不好是同意，还是有疑问，又或者是想说点什么。"李总，我。。。"

艾瑞克捕捉到了林思敏的欲说还休，便笑着问："怎么，还有其他顾虑吗？"

"其实我同爸爸的关系不好。我已经很久没见到他了。今天他来，我本想回避，但又躲不了，所以心情其实很复杂，不知我这样讲，你能明白吗？"林思敏声音很低，低头看着自己的双手。

"谢谢你的坦诚。我不知道你同父亲之间到底发生了

39

什么，但我想说，这种感觉我完全懂。因为我是过来人。曾经有一段时间，我特别恨爸爸，觉得他是这世界上最不可理喻的人，不仅不理解我，不支持我，还一个劲地同我泼冷水，我灰心极了，简直就想同他断绝父子关系。"艾瑞克说话的时候，眼睛穿过林思敏，望向她身后大落地玻璃窗后的珠江。

林思敏很吃惊艾瑞克会说自己的私事，说不好是被他的信任感动，还是同病相怜的一种情愫，她看艾瑞克的眼神里有淡淡的怜惜："李董事长也有不认可你的时候？真不可思议。他那么地爱子女，爱家庭，标准的慈父。真没想到你也有怨恨他的时候。"

艾瑞克像老大哥一样："你还年轻，这想不到的事情还多咧。我恨他，不想同他说话，他去温哥华，我也不理他，差点都不想认他做爸了。因为他掐断我的梦想，否定我的努力，让我备受打击。"

他像说着别人家的故事，轻描淡写，故作轻松，林思敏却被他感动了，声音开始大起来："我恨我爸爸，也想同他断绝关系，所以我才躲得远远的，越远越好，总之不想见他。"

"可是埃斯特……"

"李总，您要是愿意，可以叫我思敏。"

"好的，思敏。命运的安排把你爸爸又推到你面前，躲是没有用的。既然这是上天的安排，既来之则安之。他又不是老虎，相反，我看得出，他蛮关心你的。依我看，现在你不要把他当作爸爸，就当作是客户，一切公事公办，不掺杂个人感情，可以做到吗？"艾瑞克认真地出主意，不光是为了启德，更多是因为那种与父亲之间的争斗，他懂。"不管你同他之间发生过什么，黎董毕竟是你的父亲，这点永远不可能改变。既然我们不能改变现实，那就尝试转化一下心情，说不定会有意外收获。你说呢？"

林思敏虽然没有马上答应艾瑞克，可她脸上的神情明显已经没有刚坐下时的紧张和焦虑，相反，眼睛里有信任的光，这就是个好的开端。

"李总我知道了，一定会尝试一下，就把他当作公司的重要客户来对待，好好重视，尽心尽力。而且，"林思敏顿了顿，"你说得对，他毕竟是父亲，对我有养育之恩，对他好是天经地义的事。我会努力分开个人感情，让它不影响工作，李总请放心！谢谢您对我的信任。"

"没事，我相信你完全可以胜任这个工作。好好干，我们争取早日把北京项目拿下！没什么其他事，你可以先回去了。"

"那我先走了，李总。"

"哦，就只有一件事，以后别叫我李总了，叫我艾瑞克。"

"好的，艾瑞克。"

林思敏甜甜地笑了，露出可爱的虎牙，起身向艾瑞克点了点头，离开了办公室。

　　看着她的背影，艾瑞克莫名升起一阵怜惜，不知是不是因为她的身世中也有不能和前辈和解的那部分打动了他？说不清楚。这个失去了母亲，又痛恨自己父亲的女孩，远离故土在异乡打拼，着实让人有点心疼。他定了定神，按着台面的对讲机："菲利普，有空进来。"

　　菲利普走进艾瑞克办公室问："大哥，找我吗？"

　　艾瑞克向门使了个眼色，菲利普马上领会去把门关上。

　　"菲利普，你好好安排一下，看看黎董下个月计划哪天来？继续安排林思敏去跟进他，我同她谈过，她承认黎明是她父亲，也愿意公私分明，好好跟进北京项目。咱们这个计划很棒。我们离成功又近了一步！"

　　"林思敏承认了？她真的是他女儿吗？"尽管早有思想准备，菲利普还是瞪大了眼睛。"可怎么看起来他们不是很亲近啊？为了工作需要故意为之？"

　　"不是的，他们之间一定有故事，只有一点可以肯定，黎明很在乎这个女儿，那就足够了。"

　　"好的大哥！我去安排。"菲利普快步走出办公室。

　　艾瑞克端起空的茶杯，走到茶几旁，拿起父亲送的明前新茶，闭上眼闻了闻，这才感觉太阳穴隐隐作痛，真是紧张的一天，总算可以稍微放松一下了。

42

他坐在沙发上，看着窗外的珠江，江面没有船，桥上车来车往，岸边有人在跑步，这个繁忙的城市，只要努力，总有希望。

7

正当艾瑞克闭目养神之时,电话忽然响起,是太太林静打来的。艾瑞克嘴角微微向上:"老婆怎么了?很少这个时候打来电话。想我了?"

电话里传来林静急促的声音:"快,老公,你现在有空吗?能马上出去一趟吗?"

"怎么了?出什么事了?"艾瑞克眉头皱了起来。"你没事吧?"

"我没事,老公放心。是吴影出事了!她刚打来电话,声音可凄惨了,电话里又哭又叫的,蛮吓人的。"

吴影,林静旧时的闺蜜,也是她和艾瑞克大学同学,原本已经多年未见。半年前的一天,忽然到家里来了。

艾瑞克与林静回流广州后,很久一段时间里,没有吴影的消息。艾瑞克忙着从零开始打拼事业,林静忙着照顾嘉嘉和月月,虽然没上班,每天也忙得够呛。突然有一天,就传来吴影结婚的消息,艾瑞克还特地问她,没听说吴影谈恋爱，怎么一下就闪婚了？林静说吴影终于实现了要嫁给有钱人的目标，与一个比她小五岁的富二代结婚了，是奉女成婚，而且，预产期就在五个月后。艾瑞克很奇怪地问林静，吴影自身条件不错，家境也很好，为什么一定要嫁给有钱人？林静笑了，那是吴影的理想，无可厚非。她心里还有一句话没说出口，如果吴影早知道艾瑞克家境如此显赫，可能一早就扑上去了。

这天傍晚，艾瑞克临时取消了一个饭局，早早回家。他开门发现，客厅上坐着一个戴着墨镜的女子，旁边有一个约莫四五岁的小女孩。女子看到艾瑞克进门，脸上舒展开来，但没有言语。透过墨镜，艾瑞克觉得她在笑，那种笑意，既熟悉又陌生。

"老公你回来了。你今天不是有饭局吗？"

林静很少邀请朋友上家来做客，这个女子与她一定关系非比寻常，但艾瑞克认识林静所有的密友，这位看着有点眼熟却想不起来的女人是谁？

"饭局取消了，赶紧回家。家里有客人啊。"艾瑞克冲女子笑笑。

"不是客人，是自己人。来，艾瑞克，你看看这位小美女，长得像谁？"

小女孩怕生，看到有陌生人向自己走来，便往妈妈身边躲缩，但眼神像极了当年的吴影。女子轻抚女孩的头，"静静别怕，这是艾瑞克叔叔，他人特别好，一定会喜欢静静的。"听到女子的声音，艾瑞克笑出声来，"我说是谁呢？这么多年没见，怎么忽然从地下冒出来，还带着一个小美女。你叫静静吗？同那位阿姨一样的名字哦。你好静静，我是艾瑞克叔叔。"艾瑞克故意用幼稚的童声与小静静打招呼。

静静从妈妈的身后慢慢探出头来，感觉眼前的叔叔很亲切，便偷偷地笑了，像洋娃娃一般，特别可爱。

"艾瑞克你没变，还是那么油嘴滑舌，知道怎么讨女孩子欢心。这么多年了，很开心又见到你们。"吴影始终没有摘下墨镜，这让艾瑞克很好奇。"静，要不我先走了，今天算是认了门，日后大家多走动。我很想你们。"在说你们的时候，艾瑞克感到吴影在看着自己，那种感觉有点怪，他用余光看了看林静，她正沉浸在与吴影重逢的喜悦中。可能自己想多了。

"怎么要走啊？影，别走啊，留下同我们一起吃饭，大家自己人，随便吃餐便饭。或者出去吃也行啊。老公对不对？"林静热烈地对吴影说。

"是啊吴影，大家这么多年的老朋友，难得重逢，要不就一起吃个饭吧。"艾瑞克歪着头，仿佛当年大学模样般看着吴影。

"不了，我们还是先走，日后有机会。"吴影执意要走，林静就没再说什么。

吴影前脚刚出门，艾瑞克一脸疑惑地看着林静，瞪大眼睛。

　　"我知道你想问什么，吴影找回我已有一段时间了，但是大家都忙，所以我们没时间细聊，我只知道她也回流了，现在是全职妈妈，她老公也回来了，好像在家族企业里工作，至于家族企业做什么，我没问。"林静一边搂着艾瑞克的脖子，一边温柔地说。"今天下午，她忽然给我打电话，电话里欲言又止，好像有心事，而且声音哽咽着，我有点担心，可能她遇上事了，就邀请她过来家里坐坐。这么多年没见面，还是蛮想她的。当初要是不是她极力拖着我去温哥华，咱们也见不上面了，所以说，我要谢谢她呢。"林静在艾瑞克的脸颊上亲了一大口，还撒着娇。

　　艾瑞克情绪忽然被调动起来，把她整个人一下抱起来，一边亲，一边大步往卧室走去。"来来来，我们也要来怀旧一下，温习一下功课。老婆，我有多久没交功课了？"

　　三个月前的一天，艾瑞克刚出差回家，正想洗个澡，被林静拖出了卫生间。"快快快，穿上衣服，到吴影家一趟，她出事了。"她慌慌张张地说。

　　"老婆，镇定！发生什么事了？慢慢说。天塌下来有老公我呢。"

　　"刚才影打来电话，在电话里大哭大叫，可怕极了。

她断断续续地告诉我，说她老公打她，打得很厉害，还没说完就挂了。我怕她出事，你现在，马上，立刻，去她家看看。好不好，老公？"林静脸都变白了。

"好的老婆，我现在马上去，好吗？你不要担心，要真有事，她一定打电话报警了。没事的，我快去快回，免得你担心。"艾瑞克边说边穿上衣服。

"这是她家地址，还有她电话。有什么事第一时间告诉我。真是担心死她了。"

艾瑞克亲了亲林静，匆匆忙忙出门了。

吴影住在一个高档小区，大门前的保安同吴影核对了艾瑞克的身份，放他进去了。艾瑞克想，既然还能同保安核对身份，应该不是什么大事。

他敲开吴影家的门，吴影一见到艾瑞克，就冲上去抱着他的脖子大哭。虽说是多年的老朋友，艾瑞克还是觉得任由吴影抱着自己不妥，便慢慢将她推开，扶她到沙发上坐下，自己半蹲在沙发前。"别哭别哭，吴影。发生了什么事？"

吴影一边哭，一边慢慢摘下墨镜，她抬起头来看着艾瑞克。他吓了一跳，终于明白了为什么那天吴影会一直戴着墨镜。她右眼明显被重击红了一大片，左眼也肿着，鼻梁青乌一块，残花带雨的脸庞，让人看着触目惊心，我见犹怜。

"他不是人！出去找女人，瞒着我就算了，今天还，今天还带回家来！被我撞到，我骂那个小贱人，他居然来打我。呜呜呜呜呜。。。"吴影说不下去，就放声大哭。

艾瑞克听着很不是滋味。他看到茶几上有纸巾盒，便递了过去，"哭吧哭吧，哭出来就好了，憋在心里更难受。你哭，我听着。把心里的苦，心里的难，全都说出来，应该会好受些。"艾瑞克站起来，坐到了旁边的沙发上。

听艾瑞克这么一说，吴影哭得更伤心了，"我以为找到了一生的依靠，谁知他根本就靠不住！孩子出生后，先是验DNA查血缘，我忍了，查就查吧，我不怕！可他家人见我生了个女儿，对我爱理不理。他呢，在女儿出生的第二年，就开始不断在外面找女朋友。有钱的男人，难免花心，我认了，忍了，以为只要生了男孩，他父母就会转变对我的态度，他应该也会回心转意。可是，可是。。。"

谁说有钱的男人就一定花心？艾瑞克听到这句时，撇了撇嘴，没说什么。

"可是什么？"

"他总在外面花天酒地，回到家，就不碰我了。不管我怎么示好，他都无动于衷。"

艾瑞克听到吴影开始说这些闺中事，觉得有点尴尬，但吴影居然毫无害羞之色，反而告诉了他更多的细节。

"那天我无意间看到他手机上有SM的照片，还有女

49

人给他发穿着各种制服的艳照，我就想，原来他喜欢重口味的，就偷偷买了皮鞭和手铐回家，他看到真的激动，上来就亲我。"

"吴影，这些事情，是不是太私人了？"艾瑞克还是忍不住打断了她。

吴影边流泪边卷起了袖子，艾瑞克看到满是皮鞭印的手臂，一边摇头，一边轻轻帮她把袖子放下来。"别说了，影，别说了。我都懂了。"

"他开始打我，狠狠地抽我，手上，身上都是，但是就是不同我同房。"

"畜生。"艾瑞克咬着牙说。"他不是人，不是男人。"突如其来的太多细节，让艾瑞克不知如何安慰吴影。安慰的话，即便声量再大，也不过轻飘飘地如浮萍，岂能拂去她身上心上的伤痕？最多是一时的糖丸，麻痹一下痛楚，甜味过后，苦涩更加苦涩。被撕开的伤口，裸露在空气下，没有一剂情感的创可贴可以止血，愈合。

"呜呜呜呜呜，嘤嘤，"吴影哭着哭着，靠着沙发半躺下去，双目紧闭，大力地喘气，"艾瑞克，谢谢你来，你走吧，我头晕得厉害，就想一个人待一会。你把门带上就好。"她不哭了，侧身躺在沙发上，缩成一团。

艾瑞克看到沙发上有一床毯子，便拿起来给吴影盖上。"吴影你累了，别想太多，好好休息，养好身体，你的女儿需要你，所以不能倒下。我明天给你打电话。有什么事情，也随时给林静和我打电话，好吗？"吴影点点头，算是答应了。

艾瑞克轻轻地走出了吴影的家。

幸福的家庭都是相似的，不幸的家庭，各有各的不幸。艾瑞克有点小庆幸，当年与林静陷入爱河，闪电结婚，火速生下一儿一女，开始也是熬着苦日子，后来回国打拼，一路走来，他们的日子过得基本风平浪静，即使有小争吵，闹不开心，他眼里从来没有第二个女人，虽然生意场上见过很多美貌妖艳女子，可没有人能走进他的心，他也没打算过打开心扉。

不知这次，吴影又发生了什么事？

8

"老婆你是说,吴影在电话里又哭又叫?你叫她报警了吗?"

"我叫了。她说她害怕,就知道在电话里哭。哎,听着蛮可怜的。"

"好吧,我先打个电话去问问,看是什么情况吧。"

"嗯,那我挂了。"

林静挂了电话,心里感慨万千,自己大学时代最要好的闺蜜,一起去温哥华留学,一起租房子住,一起上课下课,像姐妹一样。虽然多年未见,可早年堆积在心里的情感,这会儿全都奔涌而出,变成重重的担忧。

男怕入错行,女怕嫁错郎。

吴影一心想嫁给富二代,只求后半生有保障,可现在,结婚才没几年,就这么痛苦不堪,家人自是不敢诉说,只能向林静求助。林静疼惜她,才求助于自己的老公。

艾瑞克拨通了吴影的电话。

"艾瑞克,你快来,快来救救我。"电话那边传来吴影无助的叫声，尖叫带着哭腔。

"怎么了吴影？发生什么事？"

"快来啊，艾瑞克，我不想活了！"电话挂了，再打，就无人接听。

"菲利普，快，下楼开车，我们出去一趟。"艾瑞克拿起手机钱包，快步走出了办公室。

去吴影家的路上，要路过酒吧一条街。霓虹流动的招牌，忽明忽暗的灯光，香艳流离的饮食男女，在夜幕下，纷纷出动，谈情说爱，找乐子寻开心，各色酒吧热闹非凡。

艾瑞克无意间看到一个熟悉的身影，她穿着超短裙，低胸紧身T恤，丰满的双峰呼之欲出。一个西裔男子，高大强健，正与她牵手站在马路边。车开得很快，但是艾瑞克十分肯定，她就是艾米丽。

艾米丽的爸爸与艾瑞克的爸爸是结拜兄弟，艾米丽与艾瑞克从小一起长大，算是发小。当年艾瑞克在温哥华读书的时候，艾米丽也在温哥华读书。幼年开始到青年时代，他们很多经历是重合的。本来艾米丽从小暗念要嫁给艾瑞克，谁知半路冲出个林静，火速嫁给了艾瑞克，从此艾米丽的情路一直坎坷。

"菲利普，我刚才好像看到艾米丽了。"

"大哥，你也看到了？我远远就注意到了，她身材火辣，又是同一个老外一起，好抢眼。"

53

"我很少同她聊私事，都不知道她交了西人男朋友。"

"不奇怪啊，她从海外回来，思想做派本来就西洋化，交个老外男友，再正常不过了。"

今年过春节，艾瑞克一家与艾米丽一家吃年饭的时候，艾米丽爸爸还拜托艾瑞克父亲帮她物色一个合适的对象，看来艾米丽爸爸不清楚自己女儿的感情世界。

来到小区门口，保安已经认得艾瑞克，就直接让他通行。艾瑞克急急忙忙赶到吴影家时，居然看到了小静静，她给艾瑞克开了门。吴影虚弱地躺在沙发上，小静静抱着自己的洋娃娃走到吴影的身边，轻轻地摇了摇她，"妈妈，叔叔来了。"

双眼又红又肿，吴影微微睁开眼睛，有气无力地说，"你们来了？快坐。静静，你饿吗？"静静大力地点头。"艾瑞克，你能帮静静买点吃的吗？"

艾瑞克回头同菲利普说，"你去帮静静买麦当劳儿童餐吧。"菲利普点头走了。

"吴影你怎么样了？哪里不舒服？要不要紧？需要送你去医院吗？"吴影摇了摇头。

"静静，你回房间自己玩一会，妈妈要同叔叔说会话，好吗？"静静点点头，自己回了房间。

吴影忽然想挣扎坐起来，艾瑞克上前将她扶起来，因为凑得比较近，吴影一下抱住了艾瑞克，在他耳边低语，"艾瑞克，不要离开我，不要离开我，我害怕，害怕他回来打我，害怕他用皮鞭抽我，好疼，好疼。"

艾瑞克本想推开她，一时竟心软，没有将她强硬推开。事发突然，他愣住了。

吴影一边搂着艾瑞克的脖子，一边开始低声抽泣，"那个畜生，今天居然当着静静的面打我，静静吓哭了他也没有停手。后来看到我打电话，他怕我报警才停的手。我该怎么办？艾瑞克，告诉我！"

一种强烈的保护欲从他胸中升起，艾瑞克居然任由吴影靠着他的脖子哭诉，只是皱紧了眉头。吴影的身体柔软地贴在他身上，胸脯也热乎乎地顶着他，有一种莫名的燥热。吴影在他耳边吹出的热风，奇怪的雄性保护欲，小腹以下的热，像蛇一样缠绕着艾瑞克，让他既想挣脱，又沉浸其中。

"别怕吴影，有我在，别怕。"喃喃中，艾瑞克神差鬼使地居然用手拍着吴影的后背，虽然手很轻，于吴影而言，如闪电般地催促。她更加用力地抱着艾瑞克，双唇从耳边慢慢游离到脸上，带着泪的眼睛迷离地看着艾瑞克，"艾瑞克，我……"她大力地喘着气，鼻尖就要靠上艾瑞克的鼻尖，右手游离地在艾瑞克的后背摸索，没有心急，颤抖着抚摸，犹如抚摸干涸的大地。她摸到了艾瑞克的头发，然后猛地将他的头推向自己。干枯的柴火，眼见就要被火花点着。

55

艾瑞克怔怔地，恍惚着，任由吴影在自己的身上探索。从来没有尝试过的刺激和兴奋让自己痴迷，头晕眩仿如身在海上，随着波涛飘动，身上仿如有千万只热蚁在爬，酥痒。这个既熟悉又陌生的女人在挑逗自己，眼神中的火，即将把自己吞没。他不知如何回应，更迟钝于没有拒绝。吴影咬着唇，像雄狮扑向绵羊一般地，马上要压到艾瑞克的唇上，占领这个猎物。

"零零零零，零零零零，"艾瑞克的手机响了，他忽然清醒过来，小腹下面那个坚硬的物件让他羞愧。

"喂，菲利普。"艾瑞克站起来拉直了裤子接电话，忽然感觉腿都软了。

"大哥，我想问，除了买儿童套餐，要不要给吴小姐也买一个汉堡。"

"你做主吧。都行。"艾瑞克匆匆挂了电话，他怕菲利普察觉出什么。他很吃惊自己的生理反应，太反常了。见过无数的诱惑，少女娇嫩欲滴的胴体，成熟女人挺拔的肉体，像看电影一样，止于观赏，从不逾越，当自己看戏一般。可今天，雄起的山头居然差点就被人占领了。

"吴影我先走了，不影响你休息。今天对不起，我失态了。"艾瑞克整理了一下仪容，脸上毫无表情，他不想让她探知自己的内心，便直接出门。

今天对着吴影他居然有反应，多么莫名其妙又不可思议。如果没有电话打来，后面会发生什么事他都不敢去想。吴影作为一个婚姻不幸福的女人，受到伤害，在恐慌之下，无助地找寻一个依靠是一种本能。但是为什么艾瑞克居然没有断然拒绝她进一步亲热的举动，那些举动分分钟带来不可估量的后果，他不可能不知道。艾瑞克此时有点后怕，因为今天差点发生的后续，伤害之严重是他不可承受的。

吴影坐在沙发上，从茶几的烟盒上掏出一支烟，慢慢地点上，吐出一个烟圈，嘴角露出了笑容。"艾瑞克，你心里有我。"

艾瑞克站在吴影家楼下，抽着烟等菲利普。菲利普买来麦当劳后，艾瑞克叫他把食物送上去，菲利普觉得很奇怪，但没多问。服从指示并从不多问，是菲利普的一大优点。回家的路上，艾瑞克一路沉默，再没说话。他需要时间清醒一下头脑，并调整一下心态去面对林静。虽然自己什么也没做，可他就是有一种背叛了她的感觉，这种感觉让他内心焦灼。

回家的路上，又一次经过酒吧街，神差鬼使地，艾瑞克叫菲利普开慢一点。心烦躁，他居然在想，会不会看到艾米丽。

正想着的当儿，居然看到了艾米丽！

她好像喝多了，走路摇摇晃晃，跟在一个高大的老外男子身后，跟跟跄跄地，低胸的上衣有一边被扯下来，露

57

出了半边肩膀。艾瑞克叫菲利普把车停在路边,隔着一段距离看艾米丽。她在用英文哀求那个老外男子。

"艾瑞克,请不要走!求求你!"

"你不要跟着我,老子今晚要快活。"

"你怎么可以这么对我,艾瑞克!我不要你走,你不能走!"艾米丽上前拉着那位老外艾瑞克,没站稳,还差点摔了。

"你这个臭婆娘,烦死人了。我们本来就是一夜情,玩玩的,你又何苦这么认真呢?现在老子玩够了,要去找其他人,你别缠着我!再拉我!"边说边举起了拳头。

艾瑞克看到这里,立马打开车门,冲上前去,挡在艾米丽身前,"嘿,你想干什么?打架吗?打女人吗?懦夫!算什么东西!"然后一把推在老外的胸前,把他推出去两步。

"他妈的,你是谁?你是她什么人?关你什么事?要打架吗?我怕你吗?"

这时菲利普已经来到艾瑞克身边,摆出打架的架势。老外看到一下来了两个人,身材干练,来势凶猛,皆非善辈,气势一下软下来。"看好这个女人,她很麻烦的,像香口胶一样粘着你。正好,你要就给你。反正我不要。"说完转身扬长而去。

艾米丽晃晃荡荡地还想要追过去,艾瑞克一把抓住她的手,"好了艾米丽,别追了,他就是个人渣,不值得。"

她听到这话，抬头认真地看着艾瑞克，"起码他还上过我，你呢？你都不要我。"说完就傻傻地笑起来。

艾瑞克示意菲利普来扶艾米丽。"你喝多了，我送你回家。"

艾米丽一把搂住艾瑞克，"怎么，我说得不对吗？你才是懦夫，有种你来啊，你上我啊。"她的头挨着艾瑞克的胸膛，软成一团泥。"我扶你上车，乖了，回家好好休息。"

她一边摇晃一边说，"你不喜欢我，我不要你管，我要回去喝酒。不醉不归！"艾瑞克和菲利普好容易把她扶到车上，艾瑞克帮她把上衣拉好，盖住了肩膀。她一上车就瘫倒在后座，一声不吭。

艾瑞克把艾米丽送回她家，回到家中，他悄悄推开主卧的门，看到林静侧身躺在床上，房间没有开灯，心想她已经睡了。

真是漫长的一天！

9

艾瑞克靠着主卧室的门，呆呆地看着林静的背影，月光下，雪白吊带的丝质睡裙，露出大片光滑的后背，若隐若现的背胛骨让人疼惜。月光透过白纱洒进房间，照着床头柜上那张全家福，照片上他抿着嘴笑，林静把头枕着他的肩，嘉嘉乖乖地站着，婴儿肥的脸胖嘟嘟，月月做了一个大鬼脸。他们背后是一片碧绿如翡翠的高山湖，湖的后面是落基山脉的雪山。那是他们全家第一次去阿尔伯塔省的班芙国家公园旅游时照的。一晃，嘉嘉都要同林静一般高了。

艾瑞克的心情很复杂，在灯红酒绿的应酬饭局中，也有左拥右抱，偶尔逢场作戏地捏捏别的女人的手，甚至亲上两口，都是配合情景需要的做戏，他不会有任何的感觉。身边人他权当是演员，演戏嘛，散场就那么回事，转天都已不记得。可今天不同，虽然没有做什么出格的事情，但他心里，不知为何有一种侵犯了林静的感觉，这种感觉让艾瑞克内疚和不安。

他不清楚到底发生了什么，居然会对吴影产生生理反应，而且差一点就没把持住，让吴影往自己的身上扑来。他决定保守这个秘密，并远离吴影。回忆把艾瑞克带回了刚上大学的那个夏天。

那天，艾瑞克一早来到学校，在教学大楼门前，碰到一个穿着白色连衣裙的高瘦女孩，便上去问，"哈罗，我是新生，今天来报到，你知不知道去哪里报到？"他笑眯眯地伸出一只手对女生说："我叫艾瑞克，你怎么称呼？"

高瘦女生眼睛很大，脸很白，眉毛弯弯且淡淡的，犹豫了一下才伸出手去接住了艾瑞克的手，轻轻握一下便缩了回来。"艾瑞克，你好，我叫林静，昨天刚到温哥华，还没有英文名呢，是不是每人都要有一个英文名字？那我得想一个。我也不知道去哪里报到，要不，一起？"

"太好了！"艾瑞克做了一个请的动作，让她先进教学楼。林静笑笑，便往里走。

俩人边走边聊，从中国哪里来。她得知他已经来温哥华好几年，是同父母一起移民过来的，基本已经适应了温哥华的生活，现在他同妈妈一起住，因为大部分时间，他爸爸在中国。林静没多说自己的情况，她不喜欢对陌生人，特别是陌生男子说自己，不过艾瑞克好像不是很在乎。他健谈，风趣，直来直去，倒是个爽快人。

他们找到接待办公室，办了手续拿了课表找了教室，两人正要告别，艾瑞克忽然对林静说，"有一个很好听的名字，如果我是女生，我一定叫这个名字。你要不要听听？感觉特别合适你呢。"

　　她愣了，"你在帮我想英文名字吗？"

　　"埃斯特，如何？这个名字是不是很酷？"

　　埃斯特？什么古怪名字？"没听过。这个名字有什么特别意义吗？"她既感谢艾瑞克的有心也表示好奇。

　　"学英文的时候，老师告诉我们，埃斯特是古时波斯皇后的名字。不知为什么，我觉得这个名字特别合适你。"艾瑞克狡黠地笑。

　　"好的，谢谢你艾瑞克。这个名字蛮特别的，我第一次听说。让我今晚想一下，如果没有更好的名字，那我就叫埃斯特。明天见。"她走出了教学大楼。

　　艾瑞克看着林静的背影，这个安静的女生，像夏天里的一朵莲花，洁净，素雅，同自己的热情似骄阳截然不同。

　　第二天一早，林静同自己的闺蜜吴影早早来到课室。她四周张望，看艾瑞克来了没有。吴影问林静找谁，她笑笑说没有，就是看看昨天在报到处碰到的男生来了没有。吴影张大眼睛看着林静，"你居然会留意一个男生？太阳从西边出来了！大学四年，没见你留意过谁。说说，到哪一步了？"

林静被吴影说得脸都红了,"别瞎说!什么步都没有。就是偶然遇见,一起报到,随便聊聊而已。"

吴影不屑,"才不会!我认识你这么久,就没见你留意过任何男生。此人一定不简单。我们静大小姐居然动心了!"

林静急了,"你再乱说,我不理你了。我们真的没什么!就是普通得不能再普通的朋友。哦不,一面之交,朋友都算不上!他就是再见到我,都不一定叫得出我的名字了!"

"哎,你着什么急,我就逗你的,你居然还认真了。哼,看来一定有鬼。我倒要看看是哪路神仙。"吴影不怀好意地笑着。

直到教授走进课室,他都没见到艾瑞克,林静蛮奇怪。就在教授放自己的东西,整理讲台的时候,艾瑞克气喘吁吁地溜进教室,找了一个后排的位子坐下。她回头看看他,点了下头。艾瑞克看到她,笑了笑。俩人交换了眼神,她安心了。吴影顺着林静的眼光看过去,看到艾瑞克,又急忙把目光收回来。"你不是最讨厌男生染发吗?还染成这种金黄色,太夸张了吧。这刚到资本主义社会没几天,居然已经被同化了。"

"艾瑞克人很好,热心,健谈,诚恳。我看他不像坏人,虽然他的确染了我最讨厌的金黄色。"林静一本正经地纠正。

"我说怎么太阳在西边呢。连名字都问好了,还说自己没动心？你呀，就等着陷入爱河吧！"吴影假装邪恶地边笑边说。

"不许取笑我！再取笑，我以后什么都不告诉你！"

"好吧我的姑奶奶。你不喜欢他，他也不在意你，你们就是两个毫不相干的人，行了吧？怕了你了。"

因为选修一样的课，艾瑞克和林静经常碰到。但是每次艾瑞克都是踩着铃声进教室，常常坐在后排。她喜欢坐前面，听得清楚。因为喜欢读书，下了课林静都泡在图书馆里。吴影喜欢交朋友，下了课就跑得无影无踪。每次林静看到艾瑞克，都笑着点下头，艾瑞克也是。在开学的第一个月里，他俩没说过几句话。吴影朋友的孩子，数学不好，想找一个家教。数学一直是林静的长项，这个兼职既可以挣些生活费，又不耽误学习。林静见是吴影的朋友，可以相信，而且她也喜欢孩子，所以就争取了这个兼职，下课后除了去图书馆，她就去帮人补习。

班上有个韩国来的男生，洋名叫彼得，家庭应该不错，每天开宝马车上下学。做小组项目的时候，不知是有意还是无意，总能跟林静分在一个小组。他个子不高，偏瘦，穿着时髦的衣服鞋子，看起来比林静稍微小些。下了课，她总能在教学楼门口碰上他。彼得见到林静，就提出载她一程，开始她觉得不好意思，不想麻烦别人，但是彼得特别固执，每次都坚持送她。见他很诚恳，又是同学，林静就不再推辞。

彼得喜欢同她讲自己的故事,他来自韩国一个富裕的家庭,读完书要回韩国继承家业。林静礼貌地笑着,时不时回应着,都是一些礼貌客气的话。每周彼得都会约林静出去吃饭,害怕她不同意,彼得会叫上吴影和几个相熟的同学,每次都是彼得买单。林静不喜欢这种占别人便宜的事情,三次过后,她很严肃地找彼得谈了一次,说如果以后大家不平摊费用的话,她就一定不会再同彼得出去吃饭了。彼得听到时,特别吃惊地看着林静,想了想,同意了,并说,"你是第一个坚持要自己付钱的女孩子。"

"彼得,我感谢你的一片好意,但这是我的家教,也是我的原则,请尊重我。"

"好吧。我听你的。"彼得看她的眼光更不一样了。她就假装没看到。

这天放学,林静正要出教室,被艾瑞克叫住。

"最近在忙什么?"

"忙读书,还收了一个学生,跟我学数学。"

"学生?是彼得吗?我看他天天在教学楼门口等你。是不是在追求你啊?我数学也不好啊,什么时候也辅导我一下?"艾瑞克嬉皮笑脸地说。

林静有点又好笑又好气。这个彼得,居然专门在教学楼门口等吗?艾瑞克怎么说起话来阴阳怪调的。她笑着看

65

艾瑞克的眼睛，"拜托，彼得没有天天等我，我们只是偶然碰上，他没有在追求我，我也不是在教他。你叫住我，就是为了问我这个吗？"林静的姿势有点挑战，可艾瑞克却被迷住了，说不出几种滋味在心头，是妒忌彼得？是想引起林静的注意？到底是什么？

那一刻，艾瑞克有想拥抱她的冲动，光是想一下，他都觉得自己很疯狂。

"不是了，同你开玩笑。就想问你，周六晚有没有空，约了几个同学一起吃饭，轻松一下。"

"周六吗？我应该可以，没什么安排。"

"那我去接你，六点。一会发你住的地址给我。"说完艾瑞克便溜出了教室。看着艾瑞克的背影，林静一时也没反应过来。自己想也没想，就答应了艾瑞克的邀请，这是怎么了。她走出教学楼，居然真的又看到了彼得。"喂，彼得，你怎么在这？还没走？"

"我看你没出来，就在这等你。"彼得苍白的脸上泛着红晕。

"等我？为什么等我？"她皱了皱眉头。

"没什么，天天送你回家，习惯了。没见到你，心里空空的。"彼得直勾勾地看着她。

林静把头扭到一边，假装看不到。"彼得，既然你有空，那就送我回家吧。今天不上课了。谢谢你。"没等他搭话，就自己上车了。

"对了,周六你有空吗?我买了两张电影票,你要有空,咱们去看电影。"

"周六吗?真不巧,刚有同学约了,没空。"

"是艾瑞克约你吗?"彼得一脸不高兴。

"是啊,你怎么知道?"

"刚看他出来一边快走一边笑,一定是约你约成功了。"彼得幽幽地说。

她看着车窗外的风景,不说话。

10

  多么静谧的晚上，月光如水，月色清凉，就在艾瑞克发呆的时候，林静忽然转过身来，看着他："老公回来了？"

  "你还没睡啊？"艾瑞克吃惊地快步走到床前，俯身在林静额头上亲了一口。"老婆怎么还醒着，睡不着啊？"

  林静握着艾瑞克的手，乌黑的长发有点凌乱："吴影怎么样？她还好吗？"

  艾瑞克心里一沉，说不出的滋味。明明他什么也没做，为什么负罪感这么强？林静黑幽的双眸，闪烁着无辜的关切。自己怎么可以迷乱，任由那暧昧的情愫升级？这不可理喻，需要立马掐断。

  "老婆，吴影遭受家暴很不幸，我知道你很关心她，毕竟她是你大学最好的闺蜜，近二十年感情，这都可以理解。我只是担心，我们帮得了一时，帮不了一世，如果她不能从本质上解决家庭和婚姻问题，我们不可能随时随地待命，对吧？我认为，下回她再打来投诉或者哭诉，你口头安慰就好了，不能什么都帮。因为我们帮不过来，你说对吗？"

艾瑞克真心真意地说出自己内心的想法，其实最关键那点他没提，也不敢提。

林静心里有一丝的疑问，她老公是一个很仗义很愿意帮人的人，吴影不仅是自己二十年闺蜜，也曾同艾瑞克同窗，现在是她人生中最黑暗的时刻，本应站在她身后，做她的后盾，吴影在广州没有亲人，朋友都少，如果她和艾瑞克不帮，那真就是没人可以帮了。可林静转念一想，艾瑞克这么想，一定有什么别的原因，但是那个别的原因会是什么呢？

"老公我知道了，帮得就帮，今天不好意思临时把你叫出去，耽误你的公事没有？"

艾瑞克舒了一口气，伸出手去摸林静的头："没事，还好刚开完一个重要的会，北京项目中最关键的人，黎董来我们公司，你知道发生什么了吗？"他眼神都是欢欣。

林静听出了他语气中的激动，便起身坐起来："来，说说，什么事这么高兴？"

他完全没有大公司总裁的霸道和气魄，反而像一个刚出社会的年轻人，索性安坐下来，把两个脚盘在床上，手舞足蹈地说起来："你都不知道，前段时间我们公司不是来了个前台小妹吗？我还同你开玩笑说，她很像你的妹妹，记得吗？"

林静淡淡地笑着："老公，你不会看上别人了吧。"

艾瑞克瞪大着眼睛："看你的头，她这么容易能进我艾瑞克的眼吗？我同你说正经事，别打岔！"

林静瘪着嘴笑起来："瞧你紧张的样子。同你开个玩笑。大总裁，快同我说正经事。我听着呢。"她歪了歪头，顺势整理了一下长发。

月光下的她，穿着白色蕾丝吊带裙，乌黑的长发自然垂在左边的胸前，盘腿坐在床头，含笑看着艾瑞克。那个画面，艾瑞克已经很久没见过了。平时他回到家，大多时候，林静已经睡下，即便没睡，他们也很少面对面坐着聊天。此刻的她，像极了他们初相见时的那个娇憨的少女，艾瑞克竟忽然说不出话来。

"喂喂喂！李老板，想什么呢？李太太在听呢。"林静身往前稍稍靠了一下，轻轻地拍了他肩膀一下。"是不是觉得我太美了，看呆了？"她故意打趣。

艾瑞克回过神来："我说到哪里了？哦，对了，那个新来的女孩子，她叫林思敏，英文名同你一样，也叫埃斯特。原本是应聘文员，后来我看到她居然是UBC毕业的，读商科，人很机灵，能力也强，最重要的是，我怀疑她是北京黎董的女儿，于是便把她马上调到北京项目组，担任项目经理。你猜怎么着？今天开会，她和黎董见面，还真是他女儿！黎董特别重视这个女儿。我们之前费了那么大的劲去接近他，他都拒之门外，现在可好，主动要求每月来我们公司开会，并指明林思敏做接待！不过他没当面承认他们的父女关系，是后来林思敏主动告诉我的。"

他一口气将今天会议上发生的事情，像倒豆子一样，噼噼啪啪地向林静描述一通，脸上写着得意和开心。

林静知道，北京项目是集团的一个重头项目，工期跨度大，时间长，总价值高，一旦成功，可以成为打开北方市场的标杆项目，这对深耕南方的启德来说，至关重要。听到今天项目的核心人物去启德开会，还由黎董的女儿接待，那么项目一定柳暗花明，这真是个令人振奋的好消息。

"老公，你还真有狗屎运啊。"林静故意气艾瑞克。

"什么狗屎运！什么话！上天垂怜，看我这么辛苦，看我这么努力，不忍心所有的付出都白费，才给我这个契机，我一定不放过！" 艾瑞克那种志在必得的气势，就像他已经成功拿下的其他任何项目前，雄心满怀的状态。林静知道，他一定有了计划。

她往前靠在艾瑞克的身上，想起他上北京找黎明的经历，有泪有心酸。

早上八点，艾瑞克的私人助理菲利普，准时到他家楼下。

艾瑞克身穿藏青色的杰尼亚西装，打深红色的领带，贴身的西服衬托出他修长的身材。新配的黑框芬迪眼镜，让他看上去更像一个年轻的儒商，身上没有典型房地产开

71

发商的印记。

他一路都在想，如何可以打动黎明，让他对自己产生好感，特别是信任感。因为这将是启德能否成功中标的关键因素。到了这个重要的当口，几个竞争对手的报价一定不差上下，质量和品牌，大家各有优势，难分胜负。

唯一可以险中求胜的，就是争取黎明的信任。作为单一最大的股东，黎明的意见至关重要。只要他信任和看上的公司，一定有十足的把握中标。可是，黎明是个很难接近的人。每一个竞标的公司都清楚这一点。八仙过海，各显神通，大家都在积极想办法去靠近黎明，争取他的信任。

当然，黎明自己也清楚这一点，可惜他根本不喜与人交往，或者说，不屑与人交往。

艾瑞克仔细读遍了关于黎明的所有材料，尽管他是个很细心的人，依旧没能从材料中找出任何线索，可以让他顺藤摸瓜地找到黎明的软肋成突破口。这可怎么办？

这样下去，好不容易争取来的与黎明共进晚餐的机会，将很难达到任何实质的效果。一路上他眉头紧锁。

抵达酒店后，艾瑞克收到唯一好消息就是，黎明的公司将开标的时候，往后推迟了，这为自己赢得了时间。

到达宴请黎明的高级海鲜酒家后，艾瑞克做梦都没想到，这将是人生中最难忘的一次见面。

艾瑞克，菲利普，几个高级副总，一个中间穿针引线的介绍人,坐在装修奢华的包间里,足足等了黎明一个小时,他才带着两个助手,姗姗来迟。

黎明中等身材,戴着一副墨镜,墨镜下的脸毫无表情,让人捉摸不到他的心思。他身穿一件巴宝莉灰色夹克,走路带着风,连风都是冷冰冰的。

"黎董来了。"介绍人热络地同黎明打招呼。黎明稍稍点了个头,算是打了招呼,便坐下了。他一直绷着脸,不说话,气氛一度紧张。艾瑞克主动端着红酒杯,走到黎明的跟前,他闻到黎明身上一股很大的酒气。

"黎董您好,我是李天勤,启德集团的总裁,感谢您在百忙中抽出时间赏光,三生有幸。来,我先饮为敬!"说毕,一口干了半杯红酒,没有迟疑,还把手中的空杯向黎明举了举,表示敬意。

黎明坐在椅子上,没有动。他稍微侧了侧身,微微抬头看了看艾瑞克。

"年轻人,这么好的红酒,不能像你这样喝啊,可惜了。"

艾瑞克心中暗喜,成功地引出了黎明的兴趣点,这下他可以发挥了。"黎董,您爱酒,懂酒,品酒,早已名声在外,要不今晚,给我们讲讲红酒吧,我正想拜个师傅学习一下。"

黎明脸上露出一丝一般人无法察觉的冷笑,被艾瑞克看到了。

"小李,你费了这么大的功夫来组这个饭局,不是为了听我讲红酒的吧？你们集团我知道，你，我也有所闻。虽然年纪轻，但很拼命，业界都有传闻，说你不愿靠老子，今天的启德能发展得这么快，全是你接班后自己打拼出来的，不容易啊。如果不是因为想看看你到底怎么样，我今天不会来。老李那个人我很了解，话不多，实干家，人也很朴实低调。他是苦出身，能把启德带出来不简单。你嘛。。。"黎明特地停了一下，沉思了几秒，墨镜后的眼睛仿佛在思考。"还嫩了点。""哦，此话怎讲？"艾瑞克丝毫没有不高兴，依旧兴致高昂地虚心请教。

黎明刚要开口说话，手机响了。他从口袋里掏出手机，看了看号码，很快地接起来，"喂。"艾瑞克明显感觉黎明的音调变得轻柔，脸上的肌肉也松弛起来。

"你终于肯打电话给我了？能不能告诉我，什么时候回来？我去接你。"电话的那头不知说了什么，黎明原本松弛的脸，又渐渐紧绷起来，眉头也皱起来。不到两分钟，黎明就恢复了没有表情的脸，把电话挂了。

"小李，我有点急事，要先走了。这么说吧，你同老李不是一路人。"黎明站起来就要走。

"黎董，听说您喜欢红酒，这是我特地准备的拉菲，一点心意，希望您喜欢。"艾瑞克挺直地站着，面对着黎明，指着旁边桌上的酒。

黎明连看都没看，只摇了摇手。这时，中间人站起来开口了,"黎董,要不您就稍微吃点?工作再忙,也要吃饭。李总也是一片盛情,看我点薄面?"

黎明听中间人这么说,停住了脚步,"老戴,我已经吃过饭了,刚参加完一个饭局,还喝了不少酒。我这个急事,不是工作上的事,是家事,真的很急。总之今天我已经到了,同李总也算认识了,来日方长,还怕以后没机会吗?我得先走了。"

"没关系黎董您先忙,我送您出去。感谢您百忙中抽空过来,幸会!"黎明本想说不用了,但见艾瑞克一脸的坚持,就不好说什么,向介绍人点了点头,走出包厢。艾瑞克跟在黎明的后面,看他走路有点缓慢,边走还边掏出手机,拨了一个电话过去,压低声音说,"别挂我电话,听我说完。我就想你回到我身边,不,回北京也行。算我求你,好不好?"

听到黎明这么说,艾瑞克心中一震,黎明居然还有求人的时候。这个人会是谁?

他们走到门口,黎明的心里其实已经烦躁不堪,两通电话让他心情低落。因为他戴着墨镜,旁人根本看不出内心的变化。

艾瑞克热情地说,"黎董,您看今晚,您没时间吃饭,要不,等您办完事,我请您去唱唱歌或是桑拿按摩,松弛一下?"

也许因为黎明心里的烦闷,也许是因为询问不合时宜,黎明居然举手扇了艾瑞克一个耳光。"你怎么这么没眼力见儿,我说没空就没空。别烦我,忙着呢。" 艾瑞克整个人傻了,左手捧着脸,火辣辣的。黎明的秘书赶紧跟上来,同艾瑞克赔不是,"真不好意思,黎董今天喝多了,抱歉啊。"菲利普站在不远的后面,也看傻了。

黎明扇完了耳光,可能意识到了自己的鲁莽,"小李不好意思,今天喝多了。对不住了。" 说完就走了。黎明的秘书一边举手表示歉意,一边赶紧跟在他后面。

菲利普马上跑上来,"大哥你怎么样?疼不疼?"

艾瑞克眼睛里有泪花,但强忍着没让眼泪流下来,"走吧,回酒店说话。"

菲利普跑去开车了。艾瑞克站在酒家门口,对人生中第一次如此屈辱的经历尚未完全反应过来。脑子里只有一个念头,就是打电话给林静。

"喂,老公。"她的声音如常温柔。"一切都顺利吗?"

艾瑞克沉默,他不知该如何描述自己此刻的心情。

"喂,老公,怎么了?为什么不说话?"林静的声音还是慢条斯理,但她已经感觉到了艾瑞克的不开心。"出了什么事?你还好吗?"

"老婆,我没什么,就是很难过。" 艾瑞克的声音开始哽咽。"你和孩子们都好吧?吃完饭了吗?"

"我们都好，刚吃完。嘉嘉在练琴，月月在看英文小说。你呢？吃饭了吗？发生什么事了？为什么难过？"听着林静的声音，艾瑞克大力地深呼吸几口，内心安定不少。

"碰到一个疯子，可我还要想办法去赔笑，憋屈得很。"艾瑞克不想说真话，他不想让静担心。"但现在听到你声音，一切都好了。没事了。"

"你是最坚强的，我为你自豪。那么多的困难你都撑过来了，这点困难难不倒你。我相信你，你是最棒的。听我的，回酒店泡个热水澡，好好睡上一觉，明天一定能想出好办法来应对。"林静的话充满魔力和力量，让每一次受挫的艾瑞克重燃斗志和信心。

"谢谢你。我没事了，心里好过多了。人生没有那么难，跨过去就好。明天李天勤又是一条好汉。爱你。挂了。"

艾瑞克上了车，心里全是疑问，黎明打电话给谁？

11

  他坐上车，一直抽着烟，沉默。

  菲利普望着车后镜，有点犹豫地说，"大哥，你还好吗？"

  "菲利普，交给你个事，想办法再深入查一下黎明的家庭情况。我看资料说，他已经结婚，有一个女儿，但在海外读书。你好好查一下，他的配偶情况，女儿在哪里读书，多大？叫什么？还有，"艾瑞克顿了一下，在车的后视镜里看了菲利普一眼，"外面有没有人？"

  "知道了大哥。"菲利普在后视镜里同艾瑞克交换了眼神。他要确认艾瑞克已经从黎明那一巴掌中回过神来。"咱们明天还是按计划回广州吗？"

  "回啊，带着任务回去。不能白来一趟。我就不信，咱们找不到机会接近他，一定要把黎明拿下！"

  菲利普效率很高。几天之后，一份新的调查报告放到了艾瑞克的办公桌上。

  "黎明太太林红，几年前因病去世。黎明一直单身，身边没有女伴。女儿林思敏，在温哥华留学，刚大学毕业。"

林思敏?既然在温哥华留学,一定有英文名字。"菲利普,进来一下。"艾瑞克按了一下对讲按钮。菲利普走进艾瑞克办公室。"您找我?"

"你有没有看到,黎明的女儿居然同他太太姓林,还有,你再查清楚,他女儿林思敏,英文名是什么?最好能查出,她女儿在温哥华什么大学念书?现在在哪里?"菲利普点头领了差事。

黎明在电话里哀求对方回北京,如果不是他太太,也不是他女朋友的话,唯一可能就是他的女儿林思敏。那么,林思敏现在在哪里?温哥华吗?为什么不回北京?

艾瑞克边想边端着杯子去了茶水间,他需要一杯黑咖啡来提提神,让他找到如何可以拿下黎明的办法。

正当他准备煮一壶新咖啡的时候,埃斯特走进了茶水间。"李总好!"她怯怯地打了个招呼。

"你好埃斯特。这两天上班还习惯吗?"艾瑞克对这个与林静有同样英文名字的小女生,莫名亲近。

"嗯,蛮好的。谢谢李总。"

"听你一口京腔,不像本地人啊。"

"是的李总。我是北京人。"

"哦,你是北京人?那怎么想着跑到广州来工作啊?"

埃斯特犹豫了一下,"北京待腻了,想到南方来看看。不过没想到这里好热。"

79

近距离看埃斯特，高瘦如林静一般，五官并没有太突出的地方，但整体给人感觉很耐看，很舒服，很恬静，只是她目光中总有一丝说不出的躲闪。艾瑞克平时不会去留意一个女孩子的美丑，即使碰到让他眼前一亮的漂亮姑娘，他最多就当看到杂志上的美人一般，没当作一个活物，因为他的心已被装满，实在不想挪地方出来。

北京这两个字倒是让艾瑞克稍稍动了动眉头。"我刚从北京回来，那里也热得够呛。"

"李总，要是没什么事，我先回去了。"

"好的埃斯特。"

艾瑞克经过菲利普的桌前，叫他把埃斯特的档案拿给自己。强烈的第六感让他觉得，埃斯特的档案，会给自己一些解题思路。

打开档案，"林思敏"三个字映入眼中的时候，艾瑞克大叫了一声。

菲利普急急冲入办公室，"大哥，怎么了？"

艾瑞克把埃斯特的人事档案递给了菲利普，"你自己看看。"脸上还是一副不可思议的样子。

菲利普看着档案，也吃惊地张开了嘴。"这，不可能吧。"

"众里寻她千百度。"艾瑞克从烟盒抽出一支烟。"会不会是巧合？我们需要去核实一下。"档案上没有需要填父母名字那栏，但是让艾瑞克感兴趣的是，林思敏毕业于温哥华英属哥伦比亚大学的商学院，主修工商管理。黎明的女儿不是在温哥华留学吗？而且，思敏，是不是思明的谐音？眼前的烟圈，让艾瑞克恍如有拨开迷雾的感觉。这一切，是不是上天的助力，让他找到与黎明交往的路径。

"菲利普，你去把埃斯特叫进来，说我有任务交给她。"菲利普赶紧走出办公室。

艾瑞克办公室的门是开着的，埃斯特来到的时候，还是敲了敲门。"李总，您找我吗？"合上眼前的人事档案，艾瑞克站了起来，"埃斯特请坐。"

埃斯特走到艾瑞克办公室的长沙发坐下。

"我刚才在看你的档案，发现你是温哥华的UBC毕业的？"

埃斯特站了起来，"是的李总。您知道UBC啊？"听到艾瑞克直接说出了UBC，而不是英属哥伦比亚大学，埃斯特知道，艾瑞克一定是了解这所大学的，她脸上露出了浅笑。

"请坐，咱们坐着说话，你也不用这么拘束。我们算有缘，因为我原来在本拿比的BCIT读书，也在温哥华住过很多年。"

听到熟悉的地名，熟悉的校名，埃斯特表情雀跃起来，"真的？好巧啊！您也是从温哥华回来的？这个世界好小。"

"是啊，我就是一个学渣，也没考上你们的名校，所以就在小学校里混着呗。不像你，学霸，高才生！能从

UBC商科毕业的，都不简单。"

埃斯特惊讶地看着艾瑞克，想不到他这么坦诚地对自己说这些。"怎么会李总。您是大集团的总裁，我不过是一个新来的文员，怎么能相比？您太客气了。"

"我考虑了一下，你做文员实在太屈才了，怎么对得起UBC商科的金字招牌？正好，我手头有一个大型的投标项目，是集团这两年最重要的一个项目，我想把你转到这个项目，做项目经理，跟进一下投标事宜，你呢，也正好学以致用。觉得怎样？"

刚上班就提拔成项目经理，林思敏做梦也没想到。她怎么可能拒绝集团大老板的安排？"李总，您觉得真的合适吗？我刚毕业，没有什么工作经验，虽说是UBC商科毕业，可没有什么实操经验，投标这么大的事，会不会被我搞砸了？"

"放心！埃斯特。我会派我的助手菲利普做你的组长，你碰到不懂的事情，随时问他好了。任何人都有第一次，谁都不可能一下成为专家。如果你没有意见，今天就上岗，你现在的工作，我叫人事主管海伦去安排接手。至于办公的地方，就移到最靠近菲利普的那张桌子，这样好交流。"

林思敏感觉像做梦一般，她不敢相信自己已经不再是一个普通文员，而是被提拔成了项目经理。看到艾瑞克示意她先出去，林思敏慢慢地走出了艾瑞克办公室，边走，边笑。

菲利普走进艾瑞克的办公室,把门带上。

"大哥,我刚收到北京的消息,说黎董这周末要来广州看项目,咱们要不要请他吃个饭?"

"天助我也!一定要见面,容我想想怎么来约。哦,对了,我刚刚把林思敏调离文员岗位,给了她一个投标工作组的项目经理职务,在你手下帮忙。今天起,她就坐在离你最近的那张桌子,你们好交流。同海伦交代一下我的安排,叫她马上再找一个新的文员。接下来的时间,你重点安排黎董周末来广州的会面。"

"收到!大哥您放心,我一定安排妥当。"

艾瑞克一个人坐在办公室里,看着窗外的珠江,那天黎明是不是给林思敏打电话?听起来她并不想回北京,说话的方式也一定不好。如果黎明知道自己的女儿在艾瑞克的公司上班,并是投标项目的工作人员,他会怎么想?

拿下黎明,就等于拿下了项目,只许成功,不许失败。

窗外暮色渐起,艾瑞克又在办公室里坐了一天。真是收获满满的一天。进进出出找他批经费的,报销的,谈工程进度的络绎不绝,每天他的时间总是不够用。

83

12

自从黎明决定每个月到广州启德了解工程竞标进度后，项目小组就越发忙碌起来。

只要黎明建立起对启德的信心，拿下北京工程指日可待。而让黎明建立信心的关键，就在林思敏身上。

这好像是项目小组的一个公开的秘密。从众人的眼神中，林思敏很快感受到了这个秘密。她原本是刚进公司不久的新人，一夜间竟成为老板器重的干将。林思敏压抑着自己的不服气，更加努力地工作，她想证明自己不是因为黎明的关系得到关注。

一连很多天，艾瑞克离开办公室的时候，偌大的办公室里，只有林思敏一个人在默默地加班。办公室里安静极了，艾瑞克走到林思敏桌子旁的时候，她正埋头对着桌面上的表格努力核对。

"思敏，怎么还没走。"艾瑞克关切的声音飘在空荡荡的办公室里。

林思敏忽然回过神来，抬头看着艾瑞克："李总，您也没走啊。"

"这么晚了,没吃饭吧,饿不饿?早点回家休息吧。要是不想做晚饭,叫外卖算工作餐,公司报销。"

林思敏内心一阵暖意,她感激地笑笑:"李总,您这么一说,好像真的很饿啊。我在核对预算表,很快就做完了。黎明是一个特别在意细节的人,他不允许有任何的错误,特别是在钱的方面,所以我们一定要把工程预算的每一方面都考虑周全,不出一分错,下次他来开会时,为他呈上一份漂亮的预算表。"

艾瑞克欣赏林思敏的尽职,更惊叹她身上那份拼命的干劲,在这个浮躁的社会,很少有这个年纪的年轻人,愿意脚踏实地做好眼前的工作。林思敏身上没有半点的娇气或者自以为是。

"相请不如偶遇。走,咱们吃饭去。天大的事,吃了饭再说。"艾瑞克拍了拍林思敏的肩,柔软,却也有瘦骨,让人怜惜。

林思敏的心怦怦跳了两下,脸居然红了:"李总,您不回家吃晚饭吗?"

"没事,看你这么努力,做老板的也要体恤下属,请下属吃饭以鼓励士气,太太一定支持。走吧,爱吃什么?别客气,我请!"

看到艾瑞克兴致勃勃的邀请,林思敏默默收拾桌面的

85

文件，锁好柜子，拿起手提包，起身跟着艾瑞克往外走。

"菲利普，你先回去吧，我请林思敏吃个晚饭，吃完自己开车回去。"艾瑞克打电话给助手交代。"老婆，我不回去吃饭了，在公司刚忙完，请项目经理吃个饭，犒劳一下。哦，你煲了靓汤啦？没关系，我晚点回去喝，好吗？"

林思敏一边走，一边听着艾瑞克打电话给太太。

"思敏，想好去吃什么了吗？"

"李总。"

"叫我艾瑞克。"

"艾瑞克，我忽然想吃潮州鱼蛋粉。"

"看不出来，你还蛮会吃的。我也很喜欢吃潮州鱼蛋粉。不过这样不就便宜我了？那可不花什么钱。"艾瑞克笑了，他摘下了眼镜，长长的眼睫毛忽闪忽闪。林思敏忽然看呆了，平时她不会专注地看艾瑞克，这会儿，电梯里就他们两人，他很放松地摘下眼镜揉眼睛，林思敏才发现，他的眼睛很大，睫毛很长，鼻梁很高，人长得很帅。

看到林思敏呆呆地看着自己，艾瑞克连忙戴上眼镜，故作潇洒地问："思敏啊，我脸上花了吗？你看得好认真啊。"

林思敏一下回过神来，害羞地低下头，眼睛连忙看向别处："没有艾瑞克，我只是累了，有点恍惚。"

刚才她明明很专注地看着自己，那眼神里有一种东西，艾瑞克说不好那是什么，也许，她真是累了。

"我就说嘛，努力工作精神可嘉，但也不要太拼命了，身体累垮了，我可没法向黎董交代。"这一语双关的话，把林思敏刚才瞬间的尴尬转化为对黎明的思考。

"李总放心，我没有那么娇气。这点辛苦难不倒我。"林思敏抬头对艾瑞克笑了笑。"黎明真是一个不好打交道的人，他性格古怪，不近人情，不喜交际，谁也瞧不上。要想打动他，可不容易了。"

"思敏，看来你很了解你爸爸。就像他很了解你一样。"

"我是了解他，可他不了解我，他以为我不理他是因为我恨他没把妈妈生重病的事情告诉我，害得我没见上妈妈最后一面。其实那根本不是最重要的原因。他是一个不懂爱的人。也许他尝试做一个好父亲，可他绝对不是一个好丈夫。林思敏的眼睛里全是恨。

走出电梯后，林思敏快步地走在前面，整个人还沉浸在对黎明的恨意之中，艾瑞克跟在她后面。

"思敏，我车停在那边，跟我来。"林思敏一脸阴沉地跟着艾瑞克，没再作声。

艾瑞克想开解林思敏，可他又不知如何开口。清官难断家务事，且不说他对她的家事一无所知，即使知道一分二分，也不好做什么评论，毕竟，一个家庭的幸福与否，掺杂的因素实在太多，夫妻的感情，父母和儿女的相处模式，不是三言两语可由一个外人来评判或做出建议的。

一路上他们没有说话，艾瑞克带林思敏去他常吃的一家潮州鱼蛋粉店，店面干净明亮，熙熙攘攘，一看就知道是食客喜欢的去处。

大门靠玻璃窗处，摆着热气腾腾的大锅，一个戴着高高厨师帽，貌似行政主厨的中年男人正忙碌地下着米粉，面条，桌子上井然有序地摆着各种调料，配料，大锅旁的小锅里扑腾着各色潮州鱼蛋，白色，黄色，个个饱满结实，热烈地浮在牛骨汤上跳舞，店里弥漫着很香的鱼蛋味。林思敏脸上有了颜色，眼睛里有了笑意，艾瑞克做了一个很饿很饿的动作，好像他的肚子已经瘪下去，没有力气站着，林思敏看到扑哧笑了一下。

看到她笑了，艾瑞克也笑了。

领班把两人带到店里的一角，他们坐下后，迫不及待地都点了自己喜欢吃的鱼蛋粉，居然是一致的，咖喱牛腩鱼蛋粉，只是艾瑞克点了宽宽的河粉，而林思敏点了圆圆的米粉。

"思敏，我曾经也认为我爸爸是一个不懂爱的人，可后来随着时间的推移，我改变了想法。"

"为什么会改变？"

"爸爸常年在中国，很少去温哥华看妈妈，很多年都是我同妈妈一起在海外生活，两人相依为命。我当时还小，很恨爸爸，觉得他冷漠无情。妈妈病了，他不在身边，无法照顾，有时妈妈不让我告诉他，他根本都不知道妈妈病了。我上学开家长会，从来都是妈妈去，以至于老师在很长一段时间内，以为我没有爸爸。"

艾瑞克也很奇怪，自己为什么会同林思敏说这些。

"那你小的时候，一定很缺少父爱吧。"林思敏心里有一股说不出的心疼，快人快语地说出这句话。

"算是吧。"艾瑞克咬了咬嘴唇，轻轻吹了一下桌上的茶，抿了一小口。"我恨他不关心家里，不在乎我和妈妈的感受，缺席了我的成长过程。"

"那后来你又为什么不恨他了？"林思敏右手撑着下巴，定定地看着艾瑞克。

"后来？后来长大了。特别是我做了父亲以后，开始尝试去理解他，当我能理解他的时候，就释怀了，也不恨他了。"

"事情哪有这么简单？"

"傻瓜，你没做父母，是很难理解做父母的心情。"艾瑞克对林思敏说"傻瓜"的时候，林思敏的心扑通乱跳了一下。

"那你对我说说看。"她放下右手，歪着头，一副小女孩的模样，让艾瑞克忽然心生怜爱，说不好是对缺爱的孩子的一种同情，还是因为他想帮助林思敏同父亲和解。

"这么说"艾瑞克顿了顿："没有一个父亲不爱自己

的小孩。只是爱的方式有所不同。男人，特别是一个要独立撑起大家族的男人，肩上的担子很重，心里的感情不是那么单一，更复杂，更无奈。甚至很多时候他都没有选择，只能做对更多人有利的事情。"

林思敏一边皱着眉头，一边安静地听，也许她真的不了解自己的父亲，对他实在太狠了？

"对更多人有利？此话怎讲？"

"我的理解，就是大爱和小爱。是，他的行为对我和妈妈的确不公平，但是对整个启德集团和李氏家族，我爸爸尽了力，履行了自己的责任和义务，所以他选择了家族和事业，牺牲了我们。谁说人不是一直都在做选择呢？"

"我不同意！钱，多少才算够？多少才满足？可孩子长大了就是长大了，时光不会倒流，错过的就是错过，有些东西是永远无法弥补的。事业不一样啊，没时间就少做些，少赚一点，又能怎样？"林思敏涨红的小脸像战斗中的小母鸡，让艾瑞克忍俊不禁。他忍不住伸手去拍了她的头一下。

"说你是傻丫头一点没错。人在江湖身不由己。你以为你想多做就多做，想少做就少做？你的竞争对手在虎视眈眈地盯着你，恨不得马上把你吞掉，你就算是狮子，打瞌睡的时候，都不敢完全闭眼，你不做大做强，很容易就会被别人吃掉，就这么简单。"

"可是，人生不是在做取舍吗？就要看什么对你最重要了。既然你得到了想要的事业，就一定要为此付出代价。"林思敏坚定的语气中带着浓浓的个人情绪，艾瑞克感受得到。

"你说的没错，人生就是在不断地做选择题。每一道题的答案都会影响你接下来如何做决定。我虽然不同意我爸的做法，因为我觉得他失去了人生中很多重要的东西，但是我不怪他。当爸以后，我越来越能理解他，高处不胜寒，他的苦，又能向谁去诉说？我和妈妈很委屈，可他何尝不是孤单寂寞？作为一个往返于太平洋两岸的生意人，忍受着一家分隔两地的痛苦，你以为他不难过，不内疚，没有感受有心无力吗？"

林思敏的怨气慢慢有所平复，她尝试着去体会艾瑞克说话的内在含义，好像，有这么一分钟，她居然开始不想去恨自己的父亲黎明了。这种感觉简直不可思议。自从她妈妈去世后，林思敏对黎明就只有一种感觉，恨，恨之入骨，不能原谅，可此刻，她不去恨父亲的那一瞬间，感觉心里异常轻松。原来，放下恨意可以让一个人快乐，原来这几年来，是自己为难自己了。

鱼蛋粉端上来了，艾瑞克摇了摇发呆的林思敏："大小姐，鱼蛋粉来了，我都饿得前胸贴后背了，咱们赶紧吃行不行？别再恨你爸爸了，他可不容易了，年纪一大把，还要忍受你的一副臭脸。"

"你怎么知道我对他摆臭脸了？"林思敏惊讶地瞪大眼睛。

"我猜的。你那点小心事，都挂在脸上，傻丫头，快吃吧！"说罢，艾瑞克自顾自低头大口吃起来。

每次听到艾瑞克叫她"傻丫头""傻瓜"，林思敏的心会突然怦怦跳，脸也忍不住会红，这种奇怪的感觉让她眼睛里蒙上一层薄雾，说不好是鱼蛋粉的热气，还是什么其他情愫。

吃过鱼蛋粉，艾瑞克送林思敏回家。那是个离公司很近的公寓小区，楼房有点旧，路灯有点暗，艾瑞克担心不安全，在小区的门口说要送林思敏进去，林思敏没有同意，坚持自己走回家："艾瑞克，谢谢你今晚请吃的鱼蛋粉，谢谢你送我回家，更谢谢你告诉我你的故事，我会好好想想，希望可以想得通，不那么恨黎明。走了，晚安！"

看着在斑驳的树叶下，清淡的月光下，林思敏白色单薄的背影，艾瑞克说不出的一点心疼。

林思敏走着走着，忽然停下里，回头看看，居然发现艾瑞克的车还停在门口，车窗是摇下来的，隐约可以看到艾瑞克的脸，那张英俊关切的脸，让林思敏内心荡漾。

13

【题记：毛姆说一个人为什么会爱上另一个人？

"我从来都无法得知，人们究竟为什么会爱上另一个人，或许我们的心上都有一个缺口，它是个空洞，呼呼地往灵魂里灌着刺骨的寒风。所以，我们急切地需要一个形状正好的心来弥补它，就算你是太阳一样完美的圆形，可我心理的缺口，或许恰恰是那个歪歪扭扭的锯齿形，所以你填补不了。"】

林思敏回到自己的小屋，看了看墙上的日历，后天是黎明来广州开会的日子，不知他现在在哪里？在北京还是广州？一边想，她居然冒出了一个念头，打电话给黎明！

真是个疯狂的念头，自己怎么可以这么快就原谅黎明呢？那些年自己跟着妈妈在乡下过的苦日子，想爸爸却总也见不到爸爸的鬼日子，总是被人嘲笑说是没爸的孩子的时光，光凭艾瑞克说几句话，就可以抹平吗？那些痛像长在心里的刺，不敢去拔，拔出来根根带血。

可艾瑞克说得没错，黎明难道不思念自己的妻子和女儿吗？他难道希望回到一个四壁空荡荡的房间里，孤单单一个人吗？

不，黎明疼自己爱自己，从来都是尽他所能为自己提供最好的条件，生活，求学，居住环境。难道非要这样一直揪着过去不放，同他斗气到老吗？

上次见到黎明的时候，他两鬓开始有白霜，老年斑也出现了，人老了很多。

照这样纠缠下去，不肯原谅他，其实最后伤害的是父女两人。往事不可改，为什么不活在当下，让自己和别人都开心一点？

想到这里，林思敏拿起手中的电话，给黎明拨了过去。

"喂。"电话只响了两声，黎明就接了。

"爸，您还好吗？"林思敏犹豫了几分钟，才轻轻开了口。

"敏敏，你叫我什么？"

"爸。"

"敏敏，你肯原谅爸爸了？真的吗？我没在做梦吧？"林思敏听到电话里传来黎明拍脸的声音。

"爸，您还好吗？………后天您不是要来启德开会吗？我怕您忘了，打个电话提醒您。"

"敏敏，爸爸怎么会忘？不可能忘记。早早就定了机票，每天都在盼着见面的时刻呢。爸爸好挂念你。"

"爸,您没忘记就好,我刚下班,很累,不想说话,先挂了。"说完就直接挂了。

小公寓客厅外,一轮明月像玉盘一样,温柔地照耀着寂静的世间。你看它似水,它看你温柔。月亮也像镜子,照出你的心情,让你在没有风的夜晚,静静地想一些平时想不通的事情。

林思敏坐在没有开灯的客厅的地板上,抱着膝盖,看着窗外的明月,想起泰戈尔的一段话:

"有一个夜晚我烧毁了所有的记忆,从此我的梦就透明了;有一个早晨我扔掉了所有的昨天,从此我的脚步就轻盈了。"

她忽然轻松起来,原来放下是最好的武器,和解的力量让人坚强。选择原谅父亲,不是为了父亲,而是对自己童年和青年时代的痛苦做一个告别。

选择原谅父亲,便是原谅自己痛苦的过去。原来,一切放下了,所有的痛苦反而成为美好。

这是一种多么奇妙的感觉。

而带给她这种和解力量的人,居然是艾瑞克,自己的老板。

他的一举一动都让林思敏止不住地回想,一边想,一边笑,笑着笑着,她便困了。

阿德勒说过，幸运的人，一生都被童年治愈；不幸的人，一生都在治愈童年。

艾瑞克目送林思敏的身影消失在黑暗中才离开。

不知为什么，他的心有莫名的激动。

这种激动说不好是怜惜，还是同情，或者，也有疼爱，反正一想起林思敏，他就忍不住想笑，笑她傻得可爱。说不清有多久没有这样去疼惜一个女孩子，总之就想去保护她。

艾瑞克开到小区门口，正要进门的时候，看到路边有一个戴着墨镜的女子，朝他招手，他缓缓把车停下，摇下车窗，女子走到他的车旁，摘下墨镜，他定睛一看是吴影，眉头马上皱起来。

"艾瑞克，我给你打了好多电话，你怎么都不接？躲我吗？"

吴影精心化了淡妆，不深不浅，恰到好处，眼神中有话要说。

"吴影你找我吗？最近很忙，没时间应酬。"艾瑞克语调平缓，听不出任何私人感情，很公式化的回答。

"你嫌我烦到你，影响到你了是吗？放心，我不会纠缠你的。有时间吗？咱们去喝个咖啡吧。"

"抱歉，我没时间，刚下班，正准备回家。"语调还是冷冰的。

"怎么，老同学，你就这么对待一个可怜的女人吗？你不是最仗义，最喜欢帮人的吗？连喝咖啡的勇气都没有了？我又不是老虎，吃不掉你的。喝完咖啡，我们就不再相见，我已经买了机票回温哥华，不再回来了，就当为我送行，好吗？"

艾瑞克的心一下软下来，是啊，毕竟老同学一场，现在她说要走，不再回来了，日后也不会有什么麻烦事，就当是送行吧。

"好吧，说说，上哪里喝咖啡？"

"要不，去卡卡酒店吧。我已经搬出来，咱们在大堂吧喝点咖啡，然后你回家，我回房间，不用送我。如何？"

艾瑞克犹豫了片刻，到酒店去喝咖啡好像有点不妥，但是一时间也想不出什么拒绝的理由，便答应了："上车。"

吴影莞尔一笑，便坐到副驾驶的座位上，一阵说不好的神秘香味扑鼻而来，让艾瑞克闻着有点恍惚。他一边开车，一边打电话给菲利普："喂，吴小姐约我喝咖啡，去卡卡酒店，她明天回温哥华，你明天记得来我家接我，12点，别迟到了，后天黎董来开会。"说完便挂了。

电话那头的菲利普一头雾水。

如果不用出差，每天早上八点，菲利普准时到艾瑞克家楼下接他，风雨无阻，明天也不例外，而且后天黎董来，他当然知道，一切行程都是自己打理的，艾瑞克为什么还

97

特地提醒他？还有，为什么他要特地告诉自己，正在去卡卡酒店同吴小姐喝咖啡？这也很奇怪。平时虽然菲利普知晓艾瑞克每天的行程，但是如果他同朋友出去，无论男女，都不会特地告诉自己，现在不仅告诉自己同谁在一起，去哪里，干什么，这一切都很反常，难道是在提醒自己些什么？

菲利普觉得一定要好好想想，这其中一定有些古怪，但是需要自己动脑去破解。

夜晚的广州城，没有丝毫睡去的意思。车水马龙，川流不息，灯红酒绿，就是一座不夜城。

艾瑞克把车给大堂的服务生去停，自己同吴影来到一楼的大堂吧，菲律宾籍的女歌手正在低声唱着芭芭拉．史翠珊的名曲《woman in love》（恋爱中的女人）。

Life is a moment in space

生命只是宇宙中的刹那

When the dream is gone

当梦想消逝消失

It's a lonelier place

它是一个更孤独的地方

I kiss the morning goodbye

我在清晨吻别

But down inside you know we never know why

可你内心深处你了解 我们从未知道为什么

The road is narrow and long

这条路狭窄而漫长

When eyes meet eyes

当我们四目相对

And the feeling is strong

感觉如此强烈

吴影坐下后，一直在专心地听着歌，没有说话，仿佛已经沉浸其中。

艾瑞克见她不出声，便也没说什么，一边拿着打火机，一边摸着烟盒，靠着低矮的沙发，稍做休息。

大堂吧里另外两桌都是情侣，其中一张桌子坐着一个中年男子，和一个年轻的女子，男子拿着女子的手，放到嘴边亲吻。另一桌的男女正依偎着，身子交缠在一起，难舍难分。昏暗的灯光，泛着蓝紫色，空气里弥漫着暧昧的暖意。

"除了林静，你就没喜欢过别人吗？"吴影忽然发问，目光却一直停留在女歌手身上。

她身上有一股说不清的香气，让艾瑞克闻着懒懒的，人靠着沙发，眼睛有点发直，不知是太累了，还是听着歌，人一下放松下来，半天说不出话来。

"吴影,怎么说呢,让一个女人成为自己的女人,是一件很幸福的事情。"

"哦?"吴影很意外艾瑞克会这么说,便扭过头来,冲艾瑞克笑了笑,说不出的风情万种,一边还从手袋里掏出一盒精致的女士香烟,纤细修长的手指,涂着全黑的指甲油,在雪白细嫩的皮肤衬托下,妖艳而性感,让艾瑞克一时看呆。

吴影凑近艾瑞克身边:"你刚才说,让一个女人成为你的女人,是一件很幸福的事情,这句话是什么意思,说来听听,好吗?"黑色低胸贴身休闲西装的里面,原来只有一件肉色蕾丝的抹胸,雪白的胸脯高挺着,随着她轻摇着的身体,里面的山峰也轻摇,艾瑞克斜眼看了一下吴影,忽然笑起来。她在向自己示好,明示暗示着。

"吴影,我的意思是,如果只为了一时的幸福,毁了另一个女人的一生幸福,这样的事情,我做不出来。"

"是吗?就是说,你要为林静守身如玉了?"

"为什么不呢?我知道明天如果我被车撞残废了,她会一辈子伺候我,永不变心,但是我要是真做了什么对不起她的事,她也会拿起菜刀同我拼命。我可不想这么快就死掉,还想多活几年。"

"你就这么怕她,艾瑞克?真没想到。你们家族的人,不都是很大男人主义的吗?你这么说,太夸张了吧。"

"我不是怕她,我是怕她伤心,这两者有区别的。我真想变心,实在太容易了。出差的时候,女人主动来我房间,在我面前脱光,想上我的床,我看都没看一眼,直接请她走人。我要是真想干点什么别的,机会太多了。"艾瑞克风轻云淡地说着,好像在说与自己不相干的一件事。

"情圣,大情圣!"吴影拍起手来:"来,咱们喝一杯吧,为你这个大情圣,也为我将获得新生,干一杯,好吗?"

说完艾瑞克觉得异常轻松,自己应该已经成功掐断吴影想入非非的念头,反正她明日便要离开广州,喝一杯也无妨,便同意来一杯酒。

"服务生,我要一杯玛格丽特,给这位先生来杯长岛冰茶。如何?"

艾瑞克知道鸡尾酒的度数不是很高,喝上一杯也不会醉人,就点头同意了。

菲律宾女歌手已经在唱下一首歌,是诺拉琼斯的Don't know why 不知道为什么。

I waited till I saw the sun

我一直等,等到我看见太阳

I don't know why I didn't come

我不知道为什么我没来

I left you by the house of fun

101

我将你留在一个快乐的屋子里

I don't know why I didn't come

我不知道为什么我没来

I don't know why I didn't come

我不知道为什么我没来

When I saw the break of day

当我看到晨曦的来临

I wished that I could fly away

我多么希望我可以飞走

instead of kneeling in the sand

而不是跪在沙堆里

catching teardrops in my hand

用手接住落入掌心的泪珠

My heart is drenched in wine

我的心被红酒浸透

But you'll be on my mind

但你将在我心中

forever

永远在我心里

艾瑞克陶醉在爵士乐的悠长委婉中，吴影起身说去洗手间。回来的时候，手上端着两杯鸡尾酒。她把长岛冰茶递给艾瑞克，自己握着盛玛格丽特的鸡尾酒杯，轻轻地摇晃。

"知道这玛格丽特里的盐霜代表什么吗？艾瑞克。"吴影刻意与艾瑞克保持距离，坐得很远，轻轻地问他。

艾瑞克还没品尝，看着貌似冰红茶的鸡尾酒，头也不抬地说："代表着情人的眼泪。"说完，愣住了。他忽然想起来，多少年前，他和林静还不是男女朋友的时候，吴影和林静去他打工的酒吧喝酒，他为吴影点的就是玛格丽特，因为她的英文名就是玛格丽特，他特地调了一杯给她，并告之，酒里的盐霜代表什么的。

"吴影。"艾瑞克抬起头来，眼前的吴影不知什么时候已经脱去紧身西装的外套，肉色低胸抹胸衬着她丰满的胸和凸起的锁骨，既性感又妩媚，女人味十足。他忽然觉得脸好热，心跳加快起来。吴影于他，不同于任何风月场合或者生意场合的女人，那些人永远没有机会走近他。而她不同，他们相识于微时，一起念书，一起玩，有很多美好的回忆，他从来没有防备过她，在他眼里，她楚楚可怜。

不行，不能胡思乱想。艾瑞克赶紧大力喝下一口长岛冰茶，希望自己冷静一点。

男人如果没有坚强的外衣和坚硬的内心，防线顷刻会被击破，再多的顾虑都不堪一击。

吴影一直没有说话，只是从烟盒里掏出一支女士香烟，也不点上，食指和中指夹着，放到嘴边，做出一副吸烟的

103

样子，侧面看去，性感的中发，衬着玫瑰红色的唇，眼神欲述还休，看艾瑞克几眼，又转过去看唱歌的女歌手，不做理睬。

艾瑞克忽然觉得自己很渴，喉咙冒烟，全身很热，便又接连大喝了几口酒。喝完觉得头很晕，全身酥麻无力，越看吴影越美，"吴影，你过来，同我说说，为什么这酒这么上头？我好像要醉了。"他一把抓住了吴影的手，把她拉向自己。

吴影笑了，慢慢地靠向艾瑞克，另一只手轻轻地搭在他的大腿上，一下一下地往上移动。艾瑞克想动，却又动不了，整个人僵直地半躺在沙发上，手却一直握着吴影的手，将她一把拉到胸前。

"这长岛冰茶酒劲好厉害，我现在动都动不了了。"迷离着双眼的艾瑞克，大力地喘着气，闻着吴影身上那股神秘香气，看着贴着自己脸的吴影，他忽然有要吻她的冲动。

吴影一动不动，长长的睫毛忽闪着，嘴唇好像突然很干，脸绯红，呼吸开始急促起来，她在等着艾瑞克的进攻，另一边手开始游离在艾瑞克的身上。

看着吴影在舔着唇，艾瑞克再也忍不住，一下迎上去，大力地吻起吴影来。

吴影激烈地回应着，两个人抱在一起，疾风骤雨般大力地索取，完全不顾身在何处。

不知过了多久，艾瑞克身上的燥热让他觉得光亲吻还不能释放那蛇一般缠绕的热气，便一把拉起吴影朝电梯走去，一边走，他还一边低头亲吻她，仿佛那是甘露，那是清泉。

他们相拥走向吴影的房间，一进门他便关上所有灯，迫不及待地把吴影抛在床上，野蛮地撕去衣裙，在黑暗中急急地占领，就像野兽看到猎物一样尽情占领。

吴影一边大声地回应，一边倾尽所能去配合，挑逗他，让他欲罢不能，就连忽然响起的手机，都被扔到远处，继续进入那神秘而湿润的原野进行探索。

不知要了多少次后，艾瑞克累得趴在床上睡了，夜色中的他，肌肉线条完美，高挺的鼻梁，长长的睫毛，让吴影看得发呆。她把头靠着他的胸膛，一边听着他的心跳，一边用手轻轻地抚摸他的胸肌，多么希望时光就此停滞，艾瑞克真的属于自己。可梦总归是梦，总有醒来的时候，艾瑞克不属于自己，曾经拥有也好过只是空想一场。

"砰砰砰砰，砰砰砰砰。"大力的敲门声在深夜里特别刺耳。

"艾瑞克，艾瑞克，你在里面吗？"一个急促的男中音从酒店房间门外传来。

迷迷糊糊中，艾瑞克忽然醒来，他揉揉眼睛，看到赤身裸体的自己，以及趴在自己身上雪白胴体的吴影，吓了一大跳。第一时间拉上床单给自己盖好。

"发生什么事，吴影！我为什么会在这里？你怎么没穿衣服？"吴影妩媚地笑着，"艾瑞克，怎么，都忘了自己是多么地勇猛了吗？要不要我示范一下？"

她低着头凑到艾瑞克的面前，眼睛全是挑逗。

"你，请洁身自好，不要过来，快把衣服穿上！"边说边四处找衣服。房间的地下，狼藉一片是自己和吴影的外衣，内衣，内裤，看得出当时扔出去有多慌乱，多着急。

"自己做过什么都不记得了吗？想赖账？你最好仔细想想发生了什么，如果实在想不起来，我会有办法让你想起来的，艾瑞克。"吴影走到浴室旁，穿起酒店的睡袍，然后走到门边，向门外问道："谁啊？"

"请问艾瑞克在这里吗？我是菲利普。"

"你等一下。艾瑞克马上出来。"

艾瑞克听到菲利普的声音，赶紧急急忙忙穿好衣裤，拿起手机和车钥匙，快步地向门口走去。"吴影，不管发生了什么，一定不是我想发生的。今晚我喝多了。"刚想开门，用手稍微整理了一下凌乱的头发，才又气又恼地打开门，"菲利普，你怎么来了？"

吴影特地穿着睡袍站在艾瑞克后面，用双手环着他的腰，头贴着他后背，娇滴滴地说："他呀，刚才累坏了。今晚好好睡一觉。"

菲利普看得目瞪口呆。

艾瑞克用力甩开吴影的手,气愤地说:"今晚就是一个误会,你别搞错了,我喝多了,但不是你想的那样。我先走了,祝你明天旅途愉快。"

说完头也不回地走了,菲利普赶紧跟在后面。

14

【题记：

"你问人问题,她若答非所问,便已是答了,毋需再问。"

——木心《素履之往》】

跟着身上夹杂着酒气,女人香水味还有其他说不好气味的艾瑞克,菲利普来到酒店停车场。

"开车"。艾瑞克把钥匙递给菲利普,示意他开车,自己坐到后座上,从车座旁掏出一包烟,马上点上。他一边抽着烟,一边努力回想,到底发生了什么事。

"菲利普,你怎么知道来酒店找我?"

"大哥,我们去哪里?回家吗?"

"找死吗,回家?"

"那去哪里?"

"去集团酒店吧,我今晚不回家了,在酒店过一夜,你帮我打个电话给嫂子,就说我喝多了,在集团酒店睡下,今晚不回去,叫她不用等我。"

"好的，我马上打。"

菲利普同林静打完电话，艾瑞克问他："你怎么知道今晚来卡卡酒店吴影的房间找我？"

"大哥，我接到你的电话一直在想，你打这通电话的意思。你说要我明天12点去接你，这很反常。我天天早上八点去接你，明天又没有什么特别的事情，为什么要12点呢？于是我猜，会不会是今晚十二点？你告诉我吴影住在卡卡酒店，又约了你喝咖啡，所以时间地点都有了，我就尽管试一试，在凌晨十二点去她房间找你。万一我领会错了也没什么，大不了她责怪我。谁不知，我敲了半天的门，你才出来。"

是啊，今晚到底发生了什么，为什么自己喝了一杯长岛冰茶后，居然会把持不住，乱了阵脚。朦胧中，他好像看到自己在吴影身上，一会是强烈地撞击，然后是各种姿势，各种进攻，想起来，他的脸又是一阵燥热。

"很奇怪，今晚我只喝了一杯长岛冰茶，这种40度的鸡尾酒，一小杯对于我来说，根本不算什么，为什么我会那么地燥热和不安，我怎么会同她上了房间，然后单独待了那么久？一切都太奇怪了，不可理喻。"艾瑞克恨自己没能把持住，但又纳闷究竟是哪里出了问题，让自己做出这般荒唐之事。

长夜快点过去，明天吴影回温哥华了，这一切就只是噩梦一场。

吴影穿着睡袍，点着一根烟坐在床边，只开了一盏床头灯。她慢慢点开手机，里面有艾瑞克裸体睡觉的照片，她依偎在艾瑞克身边，两人的半裸照，还有一段激烈的视频，她偷偷放在床边录下的，全是激战的影像，虽然很黑，但有些镜头还是蛮清楚的。

她一边看，一边吐着烟圈，一边满足地笑。

回去温哥华又怎样，艾瑞克你别想这么轻易地摆脱我。

第二天艾瑞克从集团酒店回到办公室，已经换了一身衣服。昨晚回到酒店他就彻底洗了个澡，一边洗，一边苦苦思考到底哪里出了问题，自己居然会做出背叛林静的事情。事情是如何发生的他全然没有头绪。如果吴影按她所说马上回温哥华，事情应该没有自己害怕的那么糟，就当自己喝酒犯错一时糊涂，但绝没有伤害太太的半点心思

一早林思敏就到艾瑞克的办公室来汇报工作，把黎明来开会的流程给艾瑞克先过一遍。

谁知两人才开会没多久，前台打来电话，说林静来了。

简直就是屋漏又逢连夜雨，自己最怕看到林静的时候，她居然找上门来了。但不见又不好。

听到林静来了，林思敏心里忽然沉了一下，她对这个李太太，既好奇又有一种说不出的感觉。林静走进办公室

的时候，同林思敏对视了几秒，两人都笑笑。

"老公，你在忙是吗？"艾瑞克看到林静手上拎着的保温壶。

"老婆，你怎么来了？"艾瑞克起身去迎林静。"今天很有空吗？专程上来视察工作。"

"这位是？"林静看着林思敏。

"您好，我叫林思敏，是北京项目的小组经理。"

"你就是林思敏啊？艾瑞克同我提起过你，说你年轻有为，很能干呢。"林静落落大方地说。

听到林静说艾瑞克同她提起过自己，林思敏心里泛起暖流，说不出的开心。"李总过奖了，我大学毕业时间不长，是个新人，没什么工作经验，都是李总给我机会。"林思敏说完朝艾瑞克甜甜一笑。林静看出了笑容中别的东西。

"你们忙，我就不耽误你们工作了，老公，这里是鸡汤，专门为你炖的，你昨天忙得家都不回，一定很累了，记得喝汤补补。我先走了。"林静把鸡汤放在艾瑞克的书桌上，便向外走去。艾瑞克连忙追上去："我送你。"留下林思敏一个人呆呆地站在办公室里。昨天晚上，艾瑞克同自己吃完鱼蛋粉，居然没有回家？那他去哪里了？她一边想一边觉得自己好笑。艾瑞克去哪里同自己有什么关系，你以为你是谁啊？

艾瑞克送林静到电梯口，看四周无人，便一把抱住林静，

111

朝她的头发上吻了一下："老婆你辛苦了，专程送鸡汤过来。我今天一定把它喝完，晚上回家吃饭。爱你。"

不知为什么，林静心里第一次有了不好的感觉，但又说不出为什么会有这种感觉，女人的直觉，实在可怕。

"老公你先忙，忙完就回家，我和嘉嘉月月等你。"林静没有回吻艾瑞克，淡淡地笑笑，走进了电梯。

艾瑞克看着关上的电梯门，说不出的惆怅。头一次他同林静之间有了不能言表的秘密，而这个秘密一旦被林静知道，后果将不堪设想。此刻的艾瑞克最希望的事就是吴影赶紧消失，走得越远越好，永远不要联系。

回到办公室后，艾瑞克同林思敏继续讨论第二天黎明来开会的事宜，务求完美。这时电话忽然响了，是吴影打来的，艾瑞克好像看到了苍蝇一样，想也不想就把电话掐掉了。不一会，一条短信传来，"亲爱的，怎么不接我电话？昨晚你的睡姿好销魂啊。不信？有照片为证哦。想你，影。"

艾瑞克看到这条信息，脸气得通红，会也无法开下去："思敏，先这样吧，你回去继续准备，我还有点急事要处理。"林思敏感觉到空气里的紧张，便收起文件夹，准备往外走，临走用余光扫了一眼艾瑞克的手机，匆忙间看到一个影字。这个影是谁呢？为什么艾瑞克看完信息这么生气？

林思敏走出办公室后，他赶紧把门关上，给吴影打了个电话："吴影你什么意思？搞什么？你不是说今天要去温哥华吗？怎么还不走？请自重，我是有太太的人，不要再给我发这些乱七八糟的短信。"

"亲爱的，别生气啊，你一生气，我好害怕啊。怎么，睡完人家就不认账了？艾瑞克，这可不像你啊？你不是说把一个女人变成你的女人是件幸福的事吗？怎么？才过了一晚，你就忘了？你不是这种薄情寡义的人啊。"

"我警告你吴影，昨晚发生什么我已经不记得了，都是拜你所赐，昨晚我喝多了，醉了，之后发生什么完全没有记忆！请你不要胡搅蛮缠，你再这样，我就报警！"

"李天勤我也告诉你，偷吃要记得擦嘴，你以为自己做的事情可以说醉了就一了百了嘛吗？没那么容易！好，你说你不记得了，我马上发张照片给你，提醒你一下。"

"喂，喂，喂！"没等艾瑞克说话，电话就挂掉了，一分钟后，艾瑞克的手机上传来一张照片，是自己半裸着身体躺在床上，吴影也半裸着靠在胸前的自拍照。

"混蛋，贱人！"艾瑞克气得把手机一下扔出好远。就在他努力平息怒气的时候，电话又响了。他本不想接，但又害怕吴影那个疯婆子闹出什么幺蛾子来，便捡回了手机，用最平静的语气接起电话："喂。"

"怎么样亲爱的，记忆有所修复了吗？说你销魂你还不信，还有其他很多形容词我都羞于出口。"

"你想怎么样？说吧，有什么条件？"

"这下终于记起来了亲爱的。那就好。不要动不动就吼我骂我,我胆子小,特别害怕。"

"少废话,别浪费我时间。"

"条件呢,我还没想好,但是,不许不接我电话,而且我暂时哪都不去,就留在广州,我要同林静竞争,让你彻底爱上我。不然的话……"

"不然的话怎样?"

"我的好姐妹林静,应该不知道你为什么昨晚没回家吧。我会告诉她,你有多棒……"

"吴影我警告你,不许骚扰林静,你要是做出什么伤害我家庭的事情,我一定不会放过你。"

"艾瑞克,我只要你的心,我爱你,难道你看不出来吗?"

"你爱我?爱我?你会做出这样的事情吗?你这是在威胁我,威胁我做违心的事情,你这个恶毒的女人,我永远不会爱上你的。"

"话可别说这么早,亲爱的。我们走着瞧。"

电话被吴影挂了。艾瑞克呆呆地站在窗边,窗外乌云压顶,一场暴风雨好像要来了。

15

艾瑞克整日郁郁寡欢，心神不定。他不知道那个疯狂的女人会做出什么愚蠢的举动，同时也为自己昨晚的糊涂行径百思不解，明明他只喝了一杯长岛冰茶，为什么后来会这么不可自拔？他把菲利普叫到办公室，关上门小声交代了几句，菲利普点头领了差事便出门。

一天下来，到艾瑞克办公室来递交工程预算的，连连碰钉子。艾瑞克对数字异常敏感，记忆力也超强，只要他就预算表上的数字提出了任何问题，工程部经理回答不上来或是答案不能令艾瑞克满意，他便大发雷霆，甚至把预算表扔到地上，看都不看。大家走出艾瑞克办公室，都在窃窃私语，平时极少看到他这个样子，大家都猜测他遇上大事，心情一定糟糕透了。

林思敏坐在位子上，听到大家的议论，心里也有疑惑，她猜想，一定是与那个叫"影"的人有关。她的一天也过得迷迷糊糊，可到底为什么会迷糊，她自己也搞不清楚。

办公室里静悄悄，大家都走了，林思敏本想早一点走，因为大姨妈来了，她下午开始很不舒服，但是一想明天要给黎明做报告，她特别紧张，害怕耽误了开会。

夜色越来越低沉，窗外都市的灯火闪亮，林思敏全身发冷，肚子疼得不得了，整个人都要晕过去了，就趴在桌子上喘着大气。

"怎么了？"不知过了多久，耳边传来艾瑞克关切的声音。她勉强抬起头，煞白的脸把艾瑞克吓了一跳。"思敏，你怎么了？脸色怎么这么难看？要不要去医院？"

林思敏用力直起腰，声音特别虚弱："李总，不好意思，我肚子疼得很厉害，头也晕，全身发冷。你能不能送我回家？"

"没问题思敏，我马上送你回家。你等着，我去拿车钥匙。"艾瑞克急急跑回自己办公室。

她把手机放进随身小包里，用手支着头，哆嗦着等艾瑞克。

艾瑞克像一阵风，很快就回到林思敏身边，先用手摸了摸她的额头，滚烫，又伸手去握林思敏的手，她像触电般缩了回去。"傻丫头，你额头那么烫，想看看你的手是什么温度。"林思敏乖乖地把手递给艾瑞克。"哇，这么冷的手，你可能感冒了。来，我扶你起来，自己能走吗？"

她微微点头，并尽力站起来，可站不稳，一下就歪歪斜斜得像喝醉酒一般。艾瑞克毫不犹豫地用手搀扶着她，让她靠着自己的胳膊慢慢向前走。林思敏一边走，一边感受着艾瑞克温暖的臂弯，心跳得快极了，惨白的脸上露出了红霞。艾瑞克顾着扶她前行，对她的神情并无察觉。

走到电梯口的时候，不知是太疼的缘故，还是太累了，忽然间林思敏整个人晕倒了。艾瑞克马上把她揽入怀中。"思敏，思敏，你怎么了？醒醒！醒醒！"他想摇醒她，又怕伤害到她，毕竟不清楚她到底是哪里不舒服。

于是情急之下，他一把抱起林思敏，直奔车库去。

出了车库，他一路快走，向自己的车奔去，根本没有发现在地库门口边，有一个黑衣人对抱着林思敏的他连拍了几张照片，照片中的林思敏静静地躺在他的怀里，头贴在他胸前，脸色有红云，而他一副很紧张的样子。

艾瑞克小心地把林思敏放在后排的座位，快速把车开出地库，向最近的医院驶去。一边开车，他一边打电话给菲利普："喂，菲利普，赶紧到华侨医院来，林思敏刚在公司晕倒了，我正送她到医院去。快！"

放下电话，他透过后视镜看着林思敏，柔弱而憔悴，让人心疼。

到了医院，顾不了那么多，他急急忙忙地把她抱起来，往急诊室里送去："医生，你快看看，这位小姐她刚晕倒了，不知怎么回事？"急症室里的护士安排他放林思敏在一张病床上，便示意他出去等候。

医院里的人熙熙攘攘，看病的人特别多。艾瑞克左看右看，都没见菲利普的身影。在门口的接待处，护士叫他填写病人简介，并一边责怪他："女朋友都晕倒了，才送来医院。"

艾瑞克愣了："护士，您别误会，她不是我女友。"他现在最害怕的就是再出什么感情纠葛，今年到底是什么年？为什么桃花这么旺，躲都躲不掉。他一心想把事业做好，做一个好丈夫，好父亲。绯闻也好，感情也罢，他实在没有精力和时间去处理。家和万事兴，这是李一德的家训，他一直铭记在心。

护士听他这么一说，白了他一眼，便没作声。

艾瑞克很奇怪为什么护士会这么说他，但又不便解释，就站在旁边等菲利普的到来。一会医生出来找他，"你女朋友没什么大碍，就是血糖有点低，吊一点葡萄糖，休息一会就可以回家了。女孩子来大姨妈的时候，别太累了，你看她脸色多难看，要多体贴她一点。进去吧，她醒了。"

没等艾瑞克反驳，医生就走开了。他无奈地摇摇头，走进急症室，看到躺在床上吊糖水的林思敏。

"艾瑞克，谢谢你，送我来医院。"她声音很低，很虚弱。

"没事思敏。感觉如何？好点了吗？什么也别想，静静地闭着眼休息。饿不饿？我去帮你买点吃的，好吗？"

"太麻烦你了，我没事。"

118

"清粥没问题吧，怕你没胃口。"

"什么都行，谢谢了。"林思敏眼中尽是温柔和感激。

艾瑞克快步走出了急诊室，不想与林思敏单独相对，他害怕空气里开始弥漫的那种特别的气味，气味里含着女孩子的期盼和不安。但他给不了林思敏任何答案和念想。

忽然间，艾瑞克害怕看林思敏的眼神，那种直视，让他想起了太太林静，以及他们相爱时的往事。

16

喜欢的人是海面的灯塔。是这样的。遥远，不可触，但是把我从黑夜里打捞出来了。

——村上春树

周日的早晨，林静从晨光中醒来，看着窗外的明媚，心情也灿烂。彼得一早来家里接她，出门的时候，吴影还在梦乡。林静穿着一身白色的连衣裙，戴着一顶太阳帽，帽檐上有朵金黄色的太阳花。她走在前院的花丛中，一袭白裙，飘逸，犹如夏日莲花。

UBC 大学坐落在温哥华的西边，比邻太平洋，有美丽的玫瑰花园和天体海滩。西班牙海滩是夏日游人云集的休闲去处。彼得见派对还没开始，便建议同林静到西班牙海滩走走。

他们漫步在松软的沙滩上，林静的鞋子一深一浅，不好走，彼得贴心地叫她坐在海边的一块大木头上，晒着太阳，吹着海风。

温哥华的夏天，天空蔚蓝纯净，海上有点点帆船，北岸的山脉连绵。太阳晒在身上，海风吹在脸上，海鸟低飞飞过，一切如油画般的美。

"你在想什么，静？"彼得温柔地问。

"我在想，太平洋的那边，就是家乡了。"

"你想家了吗？"

"是啊，也不知妈妈还怪不怪我？爸爸也一定很挂念我。我第一次离开他们到这么远的地方，他们就只有我一个孩子，我走了，爸妈一定很寂寞。你呢彼得，想家吗？"

彼得半天没有说话，似乎陷入沉思。

"彼得，彼得。"林静轻唤两声。

"静，我想妈妈了。她已经不在人间，在天堂。她是世界上最美的女人。只怪我自己，没有好好珍惜与她共度的时光，现在说什么都晚了。"彼得的眼睛直直地望着海面上一叶小舟，飘啊飘。

林静没有想到彼得有悲伤的往事，心生怜惜。她侧过身去，轻声地安慰彼得，"真抱歉勾起你的伤心往事，我不是有心的。只要你过得好，你妈妈就安心了，所以不要难过不要伤心，开开心心过好每一天，她看得到。"

彼得侧过身来，眼里重现光亮，"谢谢你静。你的关心让我很感动。我很少同人提起自己的私事，不知怎么了，今天竟向你提起，不好意思。"

林静笑了,"没什么,小事一桩,别谢我。大家都是同学,应该互相关心。"

彼得想说点什么,但稍张了张口,却没说出口。她好奇,彼得想说什么。"我们是不是该走了彼得?别迟到了!"

他们离开海滩,来到派对场地的大楼。这是由 UBC 商学院学生举办的社交聚会,旨在与其他大学商学院学生联谊交流。彼得的朋友是组委会成员,彼得同他买了两张票。

之前彼得无意间听到林静在聊天时提起,她很向往 UBC 大学,一直想去看看,便记在心里。当他听说有这个派对,立马买了两张票,而且知道她一定想参加。

林静看到大多数参加派对的人都是西装革履,只有彼得和她穿得很休闲,在一众正式服装中有点突兀。

"彼得,你说咱们是不是不符合着装要求?"她有点紧张。

"应该不会吧,我朋友没同我说要很穿得很正式。可能其他学校学生都很重视这样的交际场合。没事的,咱们主要来看看大学,朝圣一下,穿得与众不同,反而还可以成功引起大家关注。"彼得说笑来安慰她。

林静觉得也对,反正自己没什么特别目的,能来看看已经很好。放松下来后,他们接过服务生递过来的白葡萄酒,端在手里,四处走走,同别人打招呼聊天。

就当林静快喝完杯中葡萄酒的时候，有人在背后拍她的肩膀，她回头一看居然是艾瑞克，既意外又开心。

"怎么是你？"

艾瑞克今天一身西服，笔挺贴身，把他高大修长的身材体现得完美。林静愣住了，脸忽然红了。

"林静小姐，真是有缘，我们又见面了。"艾瑞克故意装着好像同她不是很熟的样子，也没看到她脸上的羞涩。

"艾瑞克同学，哦不，你中文名字叫什么，我还没机会请教呢。"

林静捏紧手中的酒杯，尽量平静地说。

"我叫李天勤。天道酬勤的天勤。幸会。"

"李天勤同学，你怎么会在这里？"

"我来参加商务活动。你呢，你怎么会在这？"

"我来 UBC 看看，一直想来。"

正在说着话，一个身着黑色丝质面料西装套裙的女生来到艾瑞克身后。西装上装里面，是乳黄色蕾丝花边的抹胸衬底，长长的头发卷成了时髦的大波浪，乍一看，很有韩星的范儿。

"艾瑞克，我四处找你都找不到，原来在这里说话呢。"

她边说边从头到脚把林静扫了一遍，然后目光转到艾瑞克身上。

"这是我同学林静小姐。这是艾米丽小姐。"艾瑞克

123

算是做了介绍，只是没说艾米丽同他什么关系。

"哦，原来是艾瑞克的同学啊。幸会。我在 UBC 商学院上学，主修金融。"艾米丽边说边把手递向林静，落落大方。"艾瑞克的爸爸同我爸爸是好朋友，我们从小一起长大。"

艾瑞克听到艾米丽这么说，眉头皱了皱。

林静也伸出手去，握了艾米丽的手，"幸会，艾米丽。"

这时彼得也来到林静身边，看到艾瑞克很吃惊。"怎么是你，艾瑞克。这位是……你女朋友吗？"

艾瑞克正要开口说话，艾米丽一下把手挎住艾瑞克的胳膊，身子靠着他，娇憨地说，"我叫艾米丽，和艾瑞克一起长大。"

林静呆呆地看着眼前的一对璧人，居然说不出话来。

彼得看她呆在那里，连忙拉她，"咱们走，静。我看到朋友了，带你过去打招呼，失陪了。艾米丽，幸会。"

林静任由彼得拉着，去认识了他的朋友，从打招呼到说些客套的话，她居然心不在焉，一直在想，艾米丽是不是艾瑞克的女朋友？艾瑞克原来叫李天勤。

"喂，静！你在想什么？有心事吗？"彼得感觉到她的不一样。

"没有啊。"林静从自己的思绪中回到眼前。

"静，我能不能问你一个问题？"

"你问。"

"你能不能做我的女朋友?"

她吓了一跳。

"彼得,你在说什么?我们是朋友,关系不错的朋友。"

彼得脸涨红了。

"我是借酒胆对你说真心话。我喜欢你,希望你做我的女朋友。"

林静吸了一口气,原来,喜不喜欢一个人很容易分辨。

"彼得,你是一个好男孩,善良,细心,对我真的很好。但我从来没想过同你发展男女朋友关系。如果我有什么地方让你误会了,是我不对,真抱歉。"

彼得原本红润的脸渐渐苍白,"静,不管你喜不喜欢我,我真的很喜欢你,没关系,我会努力让你也喜欢我。"

林静叹了口气,"彼得,恋爱方面我真的没有经验,但我的心告诉我,看到你,我完全没有心跳加速的感觉。只是把你当作好朋友,可以分享自己感觉的一个好朋友。你明白我的意思吗?"

彼得的脸完全暗淡下来。"静,我不会这么容易放弃的,给我时间。"

"我们回去吧彼得,我累了。"

林静把酒杯放到服务生的托盘里,头也不回地走向门口。她不知道,远处,艾瑞克的目光,穿过人群,一直跟着她的背影。

17

闲时与你立黄昏,灶前笑问粥可温。

——《浮生六记》

回家路上,林静一直没有说话,头晕,胸闷,难受。她其实没喝多少酒,但心里憋得慌。

黑色西装套裙,乳黄色蕾丝抹胸,大波卷发,挽着艾瑞克的手,同他一起长大?

一切像放电影般在林静的眼前,忽明忽暗,什么UBC商学院金融系?统统都是什么鬼?想这些无用的东西干什么?她忽然觉得自己好笑。艾米丽?艾瑞克?连名字都相像。

她是他女朋友?

她不是他女朋友?

彼得见林静不作声,脸色阴沉,就没有打扰她。他忽然向林静表白,她当然没有思想准备,可彼得哪里知道林静此刻是为什么烦恼呢。

回到家，吴影不在，林静把自己关在房间里，做什么事都心神不宁。这个周末真是过得精彩，周六艾瑞克请吃饭，周日同彼得参加派对，又碰到艾瑞克，和他的她。

周一上课，艾瑞克居然没有迟到，早早坐在教室里，好像在等人。林静同吴影走进教室。看到他，吴影大声地打招呼，"嗨，艾瑞克，你怎么这么早？稀客啊。"林静不说话，自顾自走到前面的位子坐下。

艾瑞克冲吴影笑笑，快步走到林静的面前，"她不是我女朋友。"

林静的心扑通了一下，她抬起头。

"你不用告诉我。"

"我怕你误会。"

"是与不是跟我没关系。"她还是如常般淡淡地。

艾瑞克忽然低下身子，凑得很近同她说话，近得让林静可以感觉到他的呼吸，碰到他的长睫毛。

"你不是在想这个答案想了一个晚上了吗？"

砰砰砰砰，砰砰砰砰。

"艾瑞克你真自信，太自信了吧。"林静还是低着头收拾自己的东西，风轻云淡，内心的火快烧起来。

艾瑞克站直了身体，"也是，我凭什么这么自信，算了。"

说完，便晃晃荡荡地回到自己的位子。吴影站在旁边，不知是站还是坐。

127

林静偷偷地瞥了艾瑞克一眼。白色T恤，金黄色的头发，他的标志。

吴影凑过林静的耳畔，"喂，人家都同你说了，那个人不是他女朋友，告诉你是怕你多心，不开心，你怎么就不领情呢？"

林静眼睛都没抬起来，"我又不是他什么人，他不用同我解释。"

"明白了，答案在这里，你又不是他什么人。就是说，你想成为他的什么人，对不对？"

林静抬头，认真地看着吴影，"想不想，成不成，不是我说或者你说的。"

吴影似懂非懂，这句话到底是什么意思？她回头看看艾瑞克，艾瑞克正盯着她俩看，吴影用手指指林静的后背，摇了摇头，又摊开了双手。艾瑞克好像懂了似的，点点头，算做了回应。

下课时，林静在教室里坐着没出去，无意间看到艾瑞克和吴影在走廊上说话，吴影朝艾瑞克笑得花枝颤动，艾瑞克挤眉弄眼，林静把眼睛挪开，莫名的烦。

放学后，艾瑞克像往常一样冲出教室，估计打工去了。最近他不在餐馆洗碗，也没做侍应，在一家杂货店搬货堆货，听说颇受老板器重，工作特别积极。

彼得依旧在教室门口等林静。林静看到彼得，不吃惊，也没问，同吴影一起坐彼得的车回家，她要去给孩子补数学。

下车之前，林静对彼得说，"明天开始，不要在教室门口等我，如果你还想同我做朋友，就不要再送我回家，因为这样我的内心会不安。还有，我已经有男朋友了，请不要在我身上浪费时间。谢谢你一直以来对我的关心和照顾。"说完没等彼得反应过来，就关上门走了，任凭彼得在身后叫"静，静，你等等我。"也没有回头。

吴影没反应过来，林静到底是怎么了。进了家，看到她在收拾给孩子上课的书包，便抢过书包说，"你快说说，昨晚我回家晚了没问你，今天一天也没时间问你，到底发生了什么？我错过什么吗？"

"没有。"林静想从吴影的手上拿过书包。

"不行！你要不说，我就不让你走。"吴影索性把书包扔到沙发上，两手叉着腰。

林静有点心神不宁，彼得一定被伤透了，自己这样是不是太残忍？那个鬼艾瑞克，又来同自己解释。可解释来做什么？谁有兴趣知道他的私事。

"没什么，昨天碰上艾瑞克的老相好，一个叫艾米丽的女孩，可美了。漂亮性感，个子高挑，曲线玲珑，一看就是典型的白富美。今天艾瑞克来同我说，那个白富美不是他的女朋友。对了，昨天彼得向我表白，说他喜欢我，要我答应做他女朋友，他喜欢我，但被我拒绝了。我对他

129

没感觉，但他要我给他机会。今天我更进一步，直接断了他的念想，告诉他我有男朋友了，这样他不就死心了吗？汇报完毕，大小姐，我要走了，不然上课迟到了。"林静想捡起沙发上的书包，又被吴影拦下。"慢着，我有点糊涂，你到底是喜欢，还是不喜欢艾瑞克？他可是喜欢你的。"

"他喜欢我？我怎么不知道？"

"你不知道？全世界都知道，你不知道？"

"全世界都知道同我没有关系。反正我不知道。"林静边说边捡起书包，往门外走去。这回吴影没拦她。"静，艾瑞克真的喜欢你，相信我。他看你的眼神很不一样。别看他嘻嘻哈哈爱开玩笑，但是对你，他是认真的。"林静走得快，可每个字都听到了。

上完课，林静正骑自行车往家走，不知是因为神情恍惚，还是别的原因，她忽然一个踩空，整个人从自行车上摔下来，车的脚踏板上有个尖尖的金属条，正好插进了林静右脚小腿处，她疼得大叫一声，低头一看，血从小腿处流出来，伤口处火辣。天忽然黑起来，在旋转。

林静呼吸急促，胸口有点闷，她忽然想起自己有晕血症。万一晕倒在路边，没人看到怎么办？林静硬撑着不看自己的伤口，从书包里摸出了手机。

打给谁？吴影吗？她居然想打给艾瑞克。

电话只响了一声，艾瑞克就接了。

"喂，想我了吧？"艾瑞克在电话那头油腔滑调地说。

"艾，艾，艾瑞克，快来接我。我摔倒了，腿上都是血，动不了，你打给吴影，她知道我在哪里补习。我现在就在补习学生家门口的路口。不说了，我有晕血症，现在头晕。"她匆匆挂了电话，坐在地上，睁眼看见一团黑色。赶紧把眼睛闭上，她坐在地上等着。

艾瑞克接电话的时候，正在杂货店里挥汗如雨，接到电话后，扔下手中的货，跑到老板面前急急地说一句就跑了。他接上吴影，飞车赶到林静补习人家的路口，远远就看到她一个人坐在小路旁，靠着一棵樱花树休息，脸色惨白，地上脚上都有血，自行车摊在地上。没等车停稳，艾瑞克就冲下车去，蹲在林静身边，"静，你怎样了，疼吗？哪里不舒服？"

林静的直发贴着脸，脸发青，唇色发紫，眉头紧皱，夕阳刺眼的余光，透过樱花树的枝叶，斑驳地映在她的脸上，更显虚弱。

恍惚间听到艾瑞克的声音，她从黑色里走出来，迷迷糊糊中看到他金黄色的头发，白皙的脸和紧张的神情，勉强笑了，"你来得真快，飞过来的吧。开车超速了没有。"

吴影慌张地跑到林静面前，"静，你吓死我了，怎么摔成这样？疼不疼啊？这么多的血。。。是不是骑车分心开小差了？平时你骑车一向很稳的。"

艾瑞克回头瞪了吴影一眼，示意她不要提血。吴影不好意思地点点头。他便回过头来看林静，摸了摸她的额头，"好热啊，你可能发烧了。手呢？"林静感觉自己呼出的气越来越热。

艾瑞克没问她是否同意，就伸手去摸林静的手背。她的手猛地缩了一下，没有力气再动。"别动，你的手冰凉，额头却这么烫，一定很难受吧？"

林静任由艾瑞克的手握着自己的手，触电般的暖流，竟让她短暂地忘掉了头晕和脚痛，感觉心跳加速，她轻轻地点了点头。

艾瑞克温柔地说，"我们得赶快上医院，你什么都不用说，什么都不用做，什么都不用担心。"说毕，没等林静反应，艾瑞克已经上前一把抱起她，小心地向车走去。

贴着艾瑞克的胸膛，听着他大声地喘气，林静不知道自己的手该不该搂着艾瑞克的脖子，倘若她把手放在他胸前似乎有点怪。艾瑞克的手强壮有力，紧紧地抱着她。天上的云朵，忽上忽下，脚上钻心的痛，淡了，相反，有一种不同的眩晕。

就在她犹豫是否该搂艾瑞克脖子的当儿，他已经来到车前，吴影把车门打开，艾瑞克把林静放到后排座位上，轻轻地摆好她的脚，找一个舒服的位置让她靠着。男性荷尔蒙的气味，弥漫着后排的座位。林静闻着，竟有点羞涩，怪自己脑子闪过一些奇怪的念头，她第一次对男人的体味感到着迷。

艾瑞克快速走到司机位，回头说，"坐好，我开得比较快，吴影帮你把车骑回去，你就放松休息。我们很快就到医院，到医院就好了。"

林静点点头，闭上眼睛休息。

艾瑞克飞车来到医院急诊室，急急找来一个轮椅，把她抱到轮椅上，小心地推进急症室。

"护士，快，我女朋友的脚受伤了，她从自行车上摔下来，流了很多的血。额头热得很，可能发烧了。对了，她还有晕血症，看到血会晕。可不可以先帮她止血？谢谢！"

林静虽然迷糊着，"女朋友"三个字传入耳中的时候，她猛然睁开眼睛，看到艾瑞克正焦急地同前台登记的护士说话。

"好的，这位先生，那你女朋友的医疗卡呢？请出示。"

艾瑞克跑到林静身边蹲下来问，"静，你的医疗卡呢？吴影帮你带了吗？"

林静摇摇头，"我没有医疗卡，学校正在帮我买医疗保险，好像还没生效，不是很清楚。"

"护士，我女朋友没有医疗卡，她是国际留学生，刚从中国来。现在怎么办？"艾瑞克的语气急起来。

"没有医疗卡？没关系，就当是外国人看病，请缴费。

缴费标准在这。"

在艾瑞克同前台办理缴费的时候，另外一个护士把林静推进了处理室。

"女朋友？什么女朋友？谁是他的女朋友？艾瑞克在讲什么？"林静好像很生气，又好像不生气。

护士熟练地清理了伤口，量了血压，测了体温，38.5度，发烧了。她还用细细的针，戳林静的手指验了血。林静任由护士们忙碌，艾瑞克时不时来到床前看看她，握握她的手，摸摸额头，认真专注得像换了一个人，平时那个油腔滑调、爱开玩笑的他，与眼前这个沉着稳重的他，竟如此不同。

一切都由艾瑞克去处理，林静躺在急症室的床上，没有慌乱和害怕，腿上的疼，由于止疼药的药效，渐渐不疼了。头上的热，也因为退烧药的原因，慢慢退了。艾瑞克处理完事情，坐在床边看着她，一声不吭。林静吃了药，躺着睡了一会，不知是否药力的缘故，她居然睡着了。模模糊糊中，眼前是那太平洋，海面的白帆摇晃着，好像艾瑞克平日里穿的那件白T恤，太阳晃眼，是金黄色的。她想睁开眼，可又不想睁开眼，海风吹来好舒服。

"醒醒，静！护士说你退烧了，脚也包扎好了，我们可以出院了。来，我扶你起来。"

林静睁开眼睛，艾瑞克正俯身同自己说话。她点点头，他慢慢扶起她，把她抱上轮椅。林静坐在轮椅上，由艾瑞克推出病房。在走出急症室的那刻,夕阳正好照在脸上,反射金光,有点晃眼睛。艾瑞克停下轮椅,把自己的墨镜摘下,给她带上,又理了理她有点凌乱的长发,"静,我们回家了。"

我们回家了,她在心里认了"我们。"

18

I am a big big girl,

in the big big world,

it's not a big big thing,

if you leave me.

But I do do feel,

and I do do will,

miss you much,

miss you much.

艾瑞克的车里,居然放着这首林静最喜欢的歌。她正暗自吃惊,艾瑞克从车的倒后镜中仿佛看穿她的心思。

"那天我问吴影,你最喜欢的歌是什么。她告诉我,是这首《Big Big World》。我跑遍了卖 CD 的地方才找到这张 CD。买回来没几天。别怪吴影,我叫她不告诉你。"

"不怪。"

"还疼吗?"

"嗯，还疼。今天真的谢谢你艾瑞克，实在太麻烦你。你吃晚饭了吗？饿吗？"

艾瑞克笑了，"你是不是听到我的肚子在叫？我没吃晚饭，刚才根本感觉不到饿，现在饿了。不过没事，我送你回家后再说。"

林静忽然好心疼。"艾瑞克，你喜欢吃面吗？要不，我帮你做面吃。"

艾瑞克的眼睛发光，"好啊，我喜欢吃面，只要是你做的，什么我都喜欢。不过你的脚这么疼，现在不适合站着，要不咱们说好，等你脚好了做给我吃，如何？"

"好的。"林静居然在心里想，我每天都可以做给你吃，只要你爱吃。

"我是一个大女孩，在大千世界，如果你离开我，没什么大不了。"她一边闭着眼睛听歌，一边想着歌词，好奇妙的感觉。她忽然睁开眼睛，看见艾瑞克在前面开车，心里特别踏实。那簇金黄，尤为温暖。原来色彩的感觉不是一成不变的，金黄色，可以是冷色调，也可以是暖色调。

车开到林静家门口，她正想努力下车，艾瑞克根本不给她时间考虑，一把抱起她，大步向屋里走去。林静不小心碰到艾瑞克的手臂，好结实的肌肉，她心跳加速，脸红起来。

吴影开门的时候，看见艾瑞克抱着林静，扮了个鬼脸。

林静红着脸低着头。艾瑞克把她抱到床上,本想帮她脱鞋子,被拒绝了。看着她脱好鞋子,靠着床头坐在床上,艾瑞克终于安心。

"你饿不饿?我去买点宵夜回来给你吃,好吗?"

林静的肚子咕噜咕噜地叫,"好的,麻烦你了。"她抬头看着艾瑞克,有点憔悴。

他去买宵夜了,吴影跑进房间,故作神秘地说,"你不知道艾瑞克有多在乎你。他接上我,车子像飞起来一样,生怕耽误你一点时间。哎,我要是也碰上一个像艾瑞克这样的男子,一定嫁了。"吴影一脸的向往。

"恋爱专家你饿不饿?一会儿大家一起吃。今天辛苦你了,影。"

"不辛苦。你没事我就放心了。吓死我了,你的脸色惨白,让人心疼。"

"影,麻烦你帮我把钱包拿过来,今天艾瑞克帮我垫了医药费,蛮多钱的,我要还给他。"

吴影把林静的钱包拿到床上,林静打开看,才有两张50元的票子。"你那有多少钱?能先借给我吗?"吴影的钱包里只有一张50元的票子,"不好意思,我周末买了不少东西,钱都用光了。要不,我们明天去取了钱还给他?"

"也可以。我想他应该不介意。"林静把钱包放在床头,等艾瑞克回来。

艾瑞克带着越南米粉回来了，一人一碗。

"静，这是你爱吃的半筋半肉粉，吴影我帮你买了招牌牛肉粉，没问题吧？"

林静很奇怪，"你怎么知道我爱吃半筋半肉粉？"

"那天你在教室里同人聊天，被我偷听了。"艾瑞克边找筷子边说。

这个艾瑞克，耳朵怎么这么长？她的脸偷偷红了。

"哎哟，艾瑞克，我也同人聊了喜欢吃什么粉，你怎么就没听到？"吴影故意在一边阴阳怪气地说。

"抱歉吴影，我的耳朵接收能力有限，只能捕捉到一个人的话，再多就忙不过来。"艾瑞克似笑非笑。"快吃吧，再不吃，我就饿晕了。"

三个人狼吞虎咽地把越南米粉吃完。可怜的艾瑞克，实在太饿了，把汤也全喝了，还一脸的意犹未尽。吃完粉，林静对影使了个小眼色，吴影便大声地说，"艾瑞克，我还没做完功课，要赶紧忙去了，拜托你扶静回房间啊。"说完就溜进房间关上门。

艾瑞克扶着林静回到床上，她拿着准备好的150元对艾瑞克说，"不知这些钱，够不够今天的看病拿药钱？我手上目前只有这些。谢谢你今天帮我垫医药费。"说完，就把钱塞到艾瑞克手里。

他本来就很大的眼睛，瞪得又大又圆，仿佛不认识林静一般。

"你在说什么！不是很多钱，我负担得起！你不工作，没有收入，我天天打工有收入。没事的，不要给我钱！我！不！收！"艾瑞克把钱推回给林静，还摆出一副生气的样子。

林静也很倔强，她不习惯欠别人东西，今天已经很麻烦艾瑞克了，现在给他钱他不要，自己更是过意不去了。不行，他的钱也是辛辛苦苦挣来的，不能占别人便宜。

"你要是不收，我会很内疚的，艾瑞克。我很认真地同你说，这是做人的原则，不是钱多少，或者工不工作的问题。你的钱，分分也是血汗钱，凭什么我要用你的钱！请给我一个理由。"

"你真的想要一个理由吗？好，我给你！"

艾瑞克忽然蹲下来，与坐在床沿的林静在一个水平线上。他直直地看着她，没说话。空气忽然静止，时间忽然停滞，林静傻傻地坐着，看着艾瑞克竟说不出话来。他慢慢地靠近她，她没有动，感受着他的呼吸越来越重。他的眼睫毛快要贴上她的眼睫毛的时候，她闭上了眼睛。

艾瑞克的唇，丰满而湿润，先是轻轻地碰上了她的唇。她颤动，害羞地迎接。经过试探，他疯狂起来，向前抱着她的头，热烈地进一步探索。湿润和交织让林静整个人飘起来。

他的唇将她占领，她笨拙地回应。呼吸太急促，头太眩晕，两个人慢慢地倒在床上，林静闭着眼睛，任由艾瑞克的吻游走在脸上，颈上，身上。她的心已经蹦出了胸膛，不知在何方。艾瑞克的手压着她的手，十指交织着，缠绵。

"啊！"林静忽然叫了一声。

"怎么了？"艾瑞克停下来，看着躺着床上双颊绯红的她。

"你碰到我的脚了。"林静羞愧地低头看着自己在床单上凌乱的头发，不敢直视艾瑞克的目光。她眼睛迷离，呼吸很重，让他忍不住又低头去吻她。

"你为什么亲我？"她低声呢喃。

"因为我喜欢你，做我的女朋友好吗？"艾瑞克一边低吟一边将自己融化到林静的身体里。

19

【题记：爱情不过瞬间的感觉，热度可以保持多久？男女之间的吸引力，又能有多久的保质期？婚姻是个复杂的东西，参杂着太多元素，有时说散，就会散了。】

艾瑞克在急症室外面碰到赶来的菲利普，他一脸的激动："大哥，我查到了。你根本无法想象真相是什么……"他还没说完，就被艾瑞克打断，"菲利普，什么都别说，这里不是说话的地方，林思敏晕倒了，正在里面输液，人挺虚弱的，你赶紧去买白粥给她，我不方便在医院陪她，免得人家有什么猜疑和想法。你留下来陪她，晚一点方便的话，就送她回家。有什么事情随时同我打电话，我要回家同你嫂子交差。"

"知道了大哥，这里一切有我，放心。你赶紧回去把嫂子安顿好。明天再向你汇报今天的战果。"

艾瑞克急步向停车场走去。

昨天发生了荒唐事，今天林思敏又晕倒，这些都让他焦头烂额。

昨晚一夜未归，今天在办公室看到林静，她的眼神里有说不出的东西，说不好是猜疑还是担忧。结婚以来，艾瑞克第一次看到这种眼神。今晚无论如何都要好好安抚太太，这是他心中唯一的想法。

吃过晚饭，林静一边洗碗，一边发呆，平时特别节约用水的她，今天居然让水龙头的水一直哗哗地流，双手机械地擦拭着碗，思绪不知飞到哪里。

艾瑞克晚上不回家过夜不是什么稀罕事，有时忙工作，在办公室的沙发上眯一宿，或者在集团的酒店里过一夜，都是常事，开始时她还会问一下，到后来都懒得去问。他回不回来，何时回来，回来后在不在家过夜，她都不问。

有段时间林静挺生气的，她向艾瑞克抱怨说，他只是把家当作酒店，想回就回，想走就走。以前她抱怨艾瑞克把家当酒店时，他还常常回来拿换洗衣物，后来，他在集团酒店长期使用一个固定的房间后，索性在房间里备好各色衣裤，便连回去拿衣物的麻烦都省去了。

闹也闹过，吵也吵过，艾瑞克只对她说一句，"别的女人不可能走进我的心，我也不会做出任何对不起你和孩子们的事情。因为对我来说，这样做的代价太重，我承受不起。"

林静释然了。

如果她不能改变现状，还不如坦然地接受选择相信艾瑞克，而且是绝对地相信。

绝对地相信表现在，她从来不在夜晚时分打给他，问他在哪里？同谁在一起，晚上回不回家。

也表现在，如果他十天半个月不回家，她不会怀疑他去了哪里，干了什么，如果他打给她，向她报告自己的行踪，她就听着。如果他不打来，她也绝对不会打给他去追问。

如果这是一种夫妻间特别的默契，那么为什么这两天林静的左眼皮一直在跳，跳得她心慌意乱？为什么她去给他送鸡汤的时候，从他的眼神里读出了慌乱？

刚才正吃着晚饭，她手机里忽然收到一条从陌生号码发来的短信，是一张从远处拍的照片，艾瑞克怀抱着一个女孩，女孩依偎在他胸前，可看不清他的表情。

除了照片，短信还有一句话："看紧自己的老公。"

当时嘉嘉和月月在抢一个红烧大虾吃，正闹得嘻嘻哈哈。她的心像掉进了十级冰窖，煞凉，拿着手机的手在发抖。结婚这么多年，第一次收到这样的照片和这样的短信，难道他们的婚姻到了接受考验的时刻？

孩子们看出了林静脸色的转变，即使她什么也没说，嘉嘉和月月还是乖乖地赶紧把饭吃完，各自回房间看书去了。

林静花了很久才把碗洗完，洗完之后，她走到嘉嘉的房间对他说:"嘉嘉,一会九点就关灯睡觉,妈妈今晚有点事要做。"嘉嘉坐在书桌前,懂事地点点头,一副幼年艾瑞克的翻版,只是脸上有婴儿肥。

她走到月月的房间,看到月月正靠着床头坐着,手里拿着一本英文原版故事书。"月月要不要妈妈讲故事?"林静走到月月床前。

"妈妈,今晚你不用陪我,一会我困了就自己睡。妈妈你累了,赶紧休息吧。"

更多的时候,比哥哥嘉嘉只小一岁的月月,更像姐姐。她敏感,细腻,善解人意。月月从林静脸上的神情读出了她的恐慌和不安,她想给林静一些空间,调整休息。

林静上前亲吻了月月的额头:"妈妈没事,月月乖,睡个好觉,做个好梦。"

月月一把抱住林静的脖子,亲了她一口:"妈妈,我爱你,也爱爸爸。"

难道月月察觉到什么了吗?林静心头一震。"傻孩子,妈妈也爱你,爸爸也爱你。"

"妈妈,你爱爸爸吗?"

林静听到月月这么问,连忙坐在床边:"当然,妈妈当然爱爸爸了。月月今晚怎么忽然这样问妈妈?"

月月低下头,没说话。她没敢告诉妈妈,刚才趁着妈妈在厨房洗碗,她偷偷地打开了妈妈的手机,看到了那张照片和那条短信。

"妈妈，月月只想爸爸妈妈都爱对方。"

林静摸着月月的头温柔地说："月月，妈妈不知道为什么今晚你会对妈妈说这些话，但妈妈想告诉你，爸爸妈妈当然爱着对方，不然怎么会有你和哥哥呢？对不对？"

"妈妈，我是说，希望你们一直爱着对方。"

林静内心的震动似翻江倒海。一直爱着对方？这么多年过去了，他们成为彼此的家人，亲情胜过其他，那么，他们还在爱着对方吗？爱，又如何定义呢？说不爱自己的家人，那不是一句傻话吗？可如果只剩下亲情和义务，还能叫作爱吗？

一时间，林静竟不知如何应答。

"妈妈，你在想什么？"月月那带着撒娇的童音传来的时候，林静从思索中回过神来。今天的照片到底是怎么回事？一定要向艾瑞克问个明白。

"妈妈有点累了，月月你早点睡。爸爸妈妈都爱月月，月月只要知道这个，就够了。"林静低头亲了月月一口，走出她的房间，把门带上。

她把客厅的灯都关了，靠在沙发上，今晚的月色温柔，像极了艾瑞克第一次在林静家过夜的那一晚。

温存过后，艾瑞克双手环绕着林静，从背后抱着她，一边亲吻她的秀发，一边说，"等你脚好了，同我回家好吗？我要把你介绍给妈妈和大姐。她们一定很喜欢你。"

林静翻过身去，鼻子对着艾瑞克的鼻子，忍不住亲了他一口，轻声地问，"这么快？这是要见家长吗？你是不是常常带女孩子回家给她们过目？"

艾瑞克马上严肃起来，稍有点不悦，"从来没有！以前曾经带女孩回过家，也就一两个，但从来没向妈妈和大姐介绍说是我的女朋友。我发誓，你是第一个！"边说还边举起手发誓。

林静笑了，白净的脸上泛着红霞，"相信你！你说是第一个，就是第一个。只是我还没做好见你家人的准备。"

艾瑞克不说话，开始了新一轮的吻，从头发，到额头，到脸颊，到双唇，"是吗，还没准备好？需要多长时间？"一边吻，喉咙发出低沉的声音。她感觉全身酥软，又一阵热潮向她袭来，已经说不出话，便轻轻地哼着，胡乱答应着，"好了，好了，你说什么时候去，就什么时候去。"

艾瑞克一个转身，又把林静压在身下。

第二天一早天刚亮，艾瑞克悄悄起床，用手稍微抓了几下凌乱的卷发，悄悄地溜出了林静的家。林静一个人坐在床边，一边回味着昨晚的翻云覆雨，一边不好意思地傻笑，连吴影什么时候来到床边，都没有察觉。

"喂！"吴影大叫一声，林静从发呆中回过神来，"干吗？"

吴影故意装作很可怜的样子，"有些人啊，心都不知飞到哪里去了。不像我，没人疼没人爱。"

林静拉着吴影的手娇憨地说。"亲爱的影，人家的脚还很疼呢，特别需要有人疼有人爱，你就别取笑我了。"边说还边靠着吴影，尽显恋爱中的女孩特有的娇憨与妩媚。

"好肉麻啊，我们不食人间烟火的冷美人静，居然也恋爱了，闪电般的，暴风骤雨般的。这熊熊烈火都要把我烤熟了。"

"艾瑞克是个好男孩，这可是你说的，我不过是听了你的劝。"林静继续撒娇。

"好了好了，不取笑你了，知道你沉浸在蜜运中，不扰了你的激情。以后啊，我就知趣点，不做大电灯泡。"吴影连蹦带跳地跑出去准备早餐。

窗外的阳光正好，林静忽然觉得，脚摔伤了，居然是一件美好的事情。

林静养病的时候，艾瑞克天天来看她，有时买外卖，如果不太累，他会下厨做饭给她吃。

虽说艾瑞克是家里的幼子，上面有三个姐姐，他从小就得宠，但因为爸爸常年不在家，他是家里唯一的男丁，喜欢跟着妈妈看她做饭，帮她分担家务。

耳濡目染中，艾瑞克学会了做饭，味道还不错。林静最喜欢吃他做的腊味饭，有腊肉，香肠，他用广东人常用的瓦煲做上腊味饭，出锅的时候，吱吱地响，浇上酱油，香极了。林静百吃不腻。

一个月后，她的脚好得差不多，按照约定，林静同艾瑞克来到他家。这天，二姐要上学，三姐要上班，只有妈妈和大姐在家。

艾瑞克妈妈是个特别朴实的传统女性，个子不高，梳短发，精瘦，话不多，烧得一手好菜。

母亲没打过艾瑞克，连大声呵斥都少，她若实在太生气，就坐在那里不说话，或躲在房里偷偷哭。艾瑞克最怕妈妈掉眼泪，再调皮的时候，只要妈妈一哭，他马上上前认错，不说第二句顶撞的话。

倒是大姐厉害，艾瑞克淘气的时候，她担当起母亲不愿扮演的恶人形象，将他严厉斥责，有时还随手抓起周边的硬物，假装要揍他。所以他从小最怕大姐，却一点不怕妈妈。

林静特地挑了一条白色的连衣裙，穿着白色的休闲鞋，长发扎成一个马尾，清爽干净，不施任何脂粉，连口红都没擦，与艾瑞克手牵手，素颜来到他家。

"伯母好。大姐好。"一进门林静看到坐在沙发上，艾瑞克生命中最重要的两位女士。"我是林静，家里人都叫我静静。"

艾瑞克母亲笑眯眯地打量她,大姐也似笑非笑地看着她。"静静好,欢迎来我家做客。艾瑞克从来不说自己有女朋友。昨天忽然说今天要带女朋友回家。我们还在想,真是天上掉下来个林妹妹,这不,终于见到真人了。"

林静害羞地笑了,看着艾瑞克不说话。艾瑞克忽然也有点紧张,"妈,大姐,我好饿,有没有东西吃?"说完自己就走进厨房,留林静一个人站在厅里。

"快坐,快到伯母身边来坐。"艾瑞克妈妈连忙招呼林静坐到自己身旁。林静开始有点犹豫,看到大姐也热情地招手,觉得要是不过去,反而不好了,于是大大方方地走过去,坐到了母亲和大姐中间。

艾瑞克妈妈怯怯地拉住林静的右手,林静缩了一下,可她看到艾瑞克母亲眼中的疼爱和真诚,就任她轻抚自己的手。她侧着头,上下打量着林静,一边看,一边微微笑。

大姐笑盈盈的圆脸上,大眼睛神采奕奕。母亲开始询问林静家里的情况,父母的工作,到温哥华是否习惯等,都是些家长里短的话,林静一一作答,说话轻柔,语速很慢。

艾瑞克从厨房里出来,看到母亲详细地询问林静的生日时辰,便瞪了她几眼,生怕林静介意。谁知林静一点不介意,还同他母亲有说有笑。大姐在一旁看着,默默点头,很是满意的样子。

吃饭的时候,艾瑞克妈妈和大姐轮流给林静夹菜劝她多吃,说她太瘦了,以后生孩子会很辛苦。林静的脸一下就红了,只得低头认真吃菜,艾瑞克在桌底下悄悄地踢了母亲一下,示意她不要吓坏林静。

母亲和大姐把艾瑞克当透明,一边吃饭,一边给林静介绍艾瑞克小时候的事情,告诉她艾瑞克爱吃什么,有什么特别的习惯,仿佛林静就是马上要嫁入李家的媳妇。

她和谐地融入母亲和大姐的询问中,不住地点头,好似答应了她们。

艾瑞克在一旁看到如此和谐的景象,自是开心不已。因为只有母亲和大姐都喜欢的人,才有机会进李家的门。当然,林静也需要过艾瑞克爸爸那一关,毕竟在家里,老爷子是说一不二的家长。他若不喜欢的人,是进不了李家大门的。他若喜欢,事情可能当下就办好。他是那种雷厉风行的行动派,今天的事,绝对不拖到明天。

第二天,艾瑞克在杂货店搬货时,收到妈妈的一个电话,"好消息!今晚回来告诉你一个好消息!"妈妈在电话里笑出声来。艾瑞克一头雾水,"什么好消息?"

"不在电话里说,等你回来再说。"

艾瑞克很吃惊,有什么好消息让妈妈这么开心?她平时不会这般轻易表达内心的喜悦,今天居然还特地打了电话给艾瑞克,说明这件事不一般。

艾瑞克早早回到家问她，"说吧妈妈，什么好事？"

母亲神神秘秘地说，"我今天拿了静静的生辰八字去找平时相熟的风水大师，问他你们俩是否合适。他居然说你们是六合！难得的好姻缘。你同静静结婚，不仅家庭幸福，事业更是好得不得了，她是旺夫命呢。"说完，母亲特别开心。

艾瑞克笑她，"妈，我说是什么好事情，原来是这事。就算静静不是旺夫命，我要想娶她，就一定会娶她，才不管什么八字合不合呢。"

艾瑞克母亲一板一眼地解释，"那可不一样。如果八字不合，就算我同意，你老爸也不会同意。这对我们很重要，宁可信其有，不可信其无。现在总算好了，什么也不用担心。风水师说了，这是百年难见的好姻缘，最好尽快操办。"

同静静结婚后，事业会飞黄腾达？难道自己也可以开个杂货店？从此不用再搬货？尽快操办？这哪跟哪？同林静刚刚谈恋爱，虽说感觉很好，但如果马上结婚，艾瑞克感觉还是有点蒙。再说了，林静同不同意还是一回事呢。

看到艾瑞克在发呆，他母亲说，"我今天已经打电话给你父亲了，叫他赶紧来温哥华一趟，看一下静静。"

艾瑞克猛然清醒，"父亲要来？妈你也是的，太心急了吧。这八字还没一撇，你居然已经告诉了父亲。要是父亲回来，他不满意静静，那不是害了我？"

"不会的,相信妈妈。妈妈喜欢的错不了,你爸应该没意见。"艾瑞克母亲自信满满地打包票。他心里却没底。从小他就很少见到父亲。父亲总有出不完的差,见不完的客户,开不完的会。虽然见面少,但只要父亲一瞪眼,大家大气不敢出,在家里,他有绝对的权威。

多年后,艾瑞克没想到的是,两个孩子也重复着自己童年机遇。他早出晚归,甚至不归,常年在外工作,全国飞,孩子们很少见到自己。偶尔能同他一起吃个晚饭,孩子们都开心得像过年一样。唯一让他感到欣慰的是,即使聚少离多,一双儿女对他不仅没有疏离,反而更加眷恋,珍惜每一次同他在一起的美好时光。

20

艾瑞克的爸爸李一德，启德集团的创始人，白手起家的传奇人物。他毫无背景和依靠，通过异常勤奋，善于抓住机会，早早下海，创立了大型房地产开发公司和建筑集团。虽然事业成功，身家丰厚，但为人低调谦和，过着极其朴素节俭的生活。

李一德对子女教育严苛，除了必要的学费，生活费不会多给一分。在他眼里，二世祖是没有立足之地的，要想进入启德集团，先得通过自身的努力证明实力。至于艾瑞克有没有机会接他的班，需要经历多重考验。

艾瑞克父亲从来不过问儿子的感情世界，他认为，好男儿应该先成家，再立业。有了家庭做后盾，男人打拼才更洒脱。

即使他知道，从幼儿园开始，很多女孩就喜欢艾瑞克，所以对他的终身大事一点也不担心。相反认为这是好事。

如果艾瑞克可以早早定下来，他就放心了。当然，他也明白艾米丽的爸爸，自己多年的挚交，很希望自己的女儿嫁给艾瑞克，这样两家就亲上加亲。他看着艾米丽长大，她人漂亮，聪明能干，一定可以成为艾瑞克的贤内助。只是艾米丽和艾瑞克从小一起长大，关系很近很熟，不知道有没有男女之情。

这天李一德忽然接到老婆的电话，她兴冲冲地告诉他，艾瑞克终于正式地领了一个女孩子回家，她叫林静。这个女孩端庄文静，话不多但懂礼貌。看着是知书达理贤妻良母的样子。最重要的是，风水大师已经看过他们俩的生辰八字，说是六合，很适宜马上结婚。

李一德听后很重视太太的提议，他本身就是一个笃信风水的人，再加上艾瑞克已经年纪不小，在老家，这个年纪都可以做爸了。他稍做考虑，立即定了第二日回温哥华的机票，决定亲自见见林静。如果人不错，他就同意他们的婚事。

艾瑞克告诉林静，他爸马上要回温哥华，主要的原因就是要见她。因为他想看看儿子最后找了什么样的女友，到底合不合适。

林静听了很紧张，自己与艾瑞克的爱情能走到哪里，这次见面至关重要。彼时的林静根本不知道，他的父亲是一个成功的企业家，著名的启德集团创始人，房地产业内的传奇人物。

她更不知道，艾瑞克虽然白天上学，晚上去杂货店搬菜，并不是因为他家境困难为生活所迫，其实这是李老爷子的家规，是逼艾瑞克独立自强的一种手段。她完全不知道，自己一心一意地爱着的那个有点调皮但疼她爱她的普通青年，其实来自一个富豪的家庭。

这天，林静挑了一条素色的长裙，没涂口红，齐肩长发别在耳后，跟着艾瑞克进了家门。她看到艾瑞克父亲端坐在大厅的红木椅上，拉着艾瑞克的手马上放下来，交叉着放在身前。

"爸，我们回来了。向您介绍一下，这位是静静，我女朋友。静静，这是我父亲。"

林静朝李老爷子点了点头，"您好伯父，我是静静。"李老爷子双眼如鹰，眉如墨，身着黑色短袖唐装，料子考究，贴身得体。即使天气炎热，唐装最上面那颗扣子也紧扣着。

他听到艾瑞克和林静的声音，本在摆弄手中的茶宠，便放下物件，抬头看着他俩，面色威严，"天勤，你去看看厨房里需要帮什么忙，静静，请坐。"李老爷子不动声色，注意到进家后，林静的手不再挽着艾瑞克胳膊的细节，更留意到她刻意站在艾瑞克身后。

"爸，厨房里有大姐她们帮妈妈，我就不用了吧。"艾瑞克很吃惊爸爸叫自己去厨房。

"叫你去，你就去。"

艾瑞克不情愿地走向厨房，边走还边用担心的眼神看着林静。林静仿佛没看到，依旧微笑着看李老爷子，她挑了离他最近的一张椅子上坐了下来。

李一德倒了一小杯茶，递给她，"静静，喜欢喝茶吗？"

林静双手接过茶杯，拿到鼻前，先闻了闻，再小口抿了抿茶，细细品了一下，"伯父，茶很好，喝起来像是明前的龙井，清香，口味虽淡但入口的口感好，适合盛夏时分喝。伯父您喜欢喝茶？"

李老爷子笑而不语，忙着把茶盒里雀舌般的茶叶再倒入小茶杯中，"静静看来是喜茶人，这年头，喜欢茶的年轻人，不多啊。同伯父说说，你喜欢什么茶？"

林静刚想说话，看到艾瑞克从厨房里探出来的脑袋，金黄色的头发，被厨房窗户里照射的阳光晒着，晃人眼。她朝他眨眨眼，轻摇了一下头，金黄色缩回了厨房。

"伯父，我喜欢喝茶，但好像在不同的年纪，喜欢的茶又略有不同。小一点的时候，比较喜欢乌龙茶，铁观音，浓烈解腻，对味觉有强烈的刺激感。那时不喜欢普洱，感觉平淡无奇，没有什么回味。最近又比较钟情绿茶，清淡，香得如春雨，在夏天喝对脾胃好。艾瑞克就比较专一，一直都喜欢奶茶，乌龙奶茶，还要加珍珠，最甜那种。"

不知何故，李老爷子并没有问他儿子喜欢什么茶，可林静不由自主地说起他，说毕自己都笑了。

"爸，可以吃饭了！"艾瑞克从厨房里窜出来，生怕父亲难为林静。

"静静，走，吃饭去。"艾瑞克父亲没再说什么。

吃饭的时候，李老爷子问艾瑞克打算什么时候结婚。艾瑞克吃惊地张大嘴巴，说不出话来。"爸，您是认真的吗？您是在问我什么时候结婚吗？"

林静害羞地低着头不说话。一桌子的菜，她没吃几口。

"照我说，你们要是互相喜欢，就赶紧结婚吧，恋爱不用谈这么久，结婚了男人才能定下心来，艾瑞克你也不小了，我像你这么大都做父亲了。静静你要觉得我儿子还行，就嫁给他吧。我没意见。老太婆你呢？你同意吗？"

父亲放下筷子，侧身问了一下艾瑞克母亲。母亲放下碗，认真地对父亲说，"天勤 喜欢我就喜欢。你同意我就同意。静静是个好孩子，应该也是个好老婆。"父亲母亲都表了态，林静的脸更红了，既害羞又吃惊，不知如何作答。她痴痴地看着艾瑞克，期盼他说点什么。

艾瑞克没有半点犹豫，"爸妈，你们觉得好的，那一定好。我喜欢静静，那就把她娶回家。静静你表个态，愿意嫁给我吗？"

林静的头脑一片空白，此情此景下，如果不答应艾瑞克，她觉得自己会后悔一辈子。这是当时她心里唯一的念头，于是笑着点了头。

李老爷子郑重地说，"我们应该给静静家里打个电话，怎么说也要征得别人父母同意才对。但我建议,天勤应该同静静回一趟国,亲自上门求亲,这样礼数才对。你赶紧订机票同静静回国,征得她父母同意,你们就马上结婚。"

艾瑞克的婚事,基本上是李老爷子定下来,并催促他赶紧办理的,有速度有效率,符合他的做事风格,从不拖泥带水。

他俩马上定了回国机票,回到中原小镇,艾瑞克在准备求亲前特地将一头金发染回了黑色,担心林静的父母不接受太新潮的打扮。求亲很顺利,林静父母思想开通,认为只要女儿喜欢,他们不会反对。艾瑞克看上去也是正派有教养的谦谦青年,他们同意了婚事。

得到林静父母同意后,艾瑞克和林静在中原小镇陪他们住了几天就飞回了温哥华。回到温哥华的第二天他们就向政府申请注册结婚。艾瑞克的爸爸因为工作忙,已经先行回国。

在温哥华结婚很简单,只需要向政府申请,然后举行一个简单的签字宣誓仪式。仪式的现场,需要请一个在政府注册,专门见证新人宣誓签字的见证官见证,加上三个证婚人就可以完成。场地不限,费用也很便宜。作为李家唯一的儿子,也是大家都心疼的小儿子,艾瑞克没有要求大办宴席,只希望有一个温馨的氛围,把该走的流程走完就好。庆幸的是,林静与艾瑞克心意相通,更在乎的是嫁对意中人，至于形式和排场，不是她所思所盼。

"你真的想清楚了，静？你真的要嫁给艾瑞克吗？你们才相识多久？你对他有多少了解？他是你可以一生一世都依靠的人吗？"

结婚前一夜，吴影和林静并肩坐在床上，吴影的眉间，尽是淡淡的担忧。

"静，你原来曾经多么骄傲，没有人能走进你的眼里，更别说你的心里。你告诉我你对他一见钟情，我没有意见。好好谈一场恋爱吧，青春不要辜负。可是现在你同我说，已经决定同艾瑞克结婚。明天就去注册！我没有听错吧？你是不是头脑发热，烧糊涂了？"

吴影一边摇头，一边去摸林静的额头。

此时的林静笑眼弯弯。

"影，我知道你担心我，关心我，希望我幸福，对不对？同艾瑞克在一起的每一天我都非常快乐。怎么说？这种感觉是我这辈子都没有体会过的。我不能想象如果我不同他在一起，心里会难过成什么样子。换一个思维，如果他娶了别人我一定会发疯的。影，你能体会这种感觉吗？我是不是很疯狂？但是此时此刻，我只有一个念头，就是嫁给他！你说我冲动也好，恨嫁也罢，总之，明天我要嫁给他了！"

"唉。。。"吴影还是不能想象，这短短时间里，艾瑞克和林静之间的爱，到底有多炽热，有如无形的网，把他们俩都牢牢地套在里面。

"我不一样。目标很明确,就是一定要嫁一个有钱人。或者说,有实力的人,下半辈子生活无忧。我就这点追求。祝我好运吧。既然你已经铁了心要嫁给他,我祝福你们!艾瑞克倒真是个好小伙子。"

吴影呆呆地,眉宇间尽是伤感,鼻子已经酸起来,而林静沉浸在甜蜜之中。两个姐妹拥抱在一起,林静的心,早已飞到明天即将举行的签字宣誓仪式。暗自神伤的吴影在想,自己的爱,将在哪里安放?

结婚签字仪式,选择在艾瑞克的家里,除了他们请来的见证官,结婚见证人有艾瑞克的母亲和三个姐姐,再加上吴影。刚好比政府要求的证婚人多两个人。

林静连婚纱都没有买,本来想穿一件白色的连衣裙,符合西方结婚的习惯。可艾瑞克的母亲不乐意,觉得白色太素净了,穿红色裙子喜庆。

林静觉得老人家的意愿比自己的喜好重要,便同意了艾瑞克母亲的提议,特地去买了一条大红色的连衣裙,艳丽得犹如一团火。艾瑞克没有买钻戒,只买了一对白金戒指,在仪式上交换。他妈妈送给林静一条细细的金项链,很普通的扭条纹路,据说是李家的传家宝,是艾瑞克的奶奶送给艾瑞克母亲的结婚礼物,在艾瑞克结婚当日,她又传给了林静,算是家族的传承。

两人跟着见证官一起念结婚誓词。因为事先没练习，两人一边跟着读，一边笑，还读错几个深奥的英语单词。

"你愿意娶林静小姐做你唯一合法的妻子吗？"

"愿意！"艾瑞克一边握着静的手，一边大声地说。林静感觉到他手心里全是汗。

"你愿意艾瑞克李先生作为你唯一合法的丈夫吗？"

"愿意！"林静声音比平时也提高了几度，稍微有点颤抖，是给自己增加信心吗？她的心跳得很厉害。

艾瑞克的妈妈一句英文也没听懂，但看着当时的场景，忍不住在旁擦着眼泪。三个姐姐倒是站在后面开心地偷偷笑，吴影不知是触景生情，还是身怀感叹，眼睛也是湿湿的。

当见证官说，你可以亲吻你的新娘的时候，艾瑞克激动地向前，大叫一声，"老婆！"紧紧地抱住林静，大力地吻起来。

林静听到"老婆"二字，一边迎上艾瑞克的吻，一边闭着眼睛，眼角有两行浅泪。

这个没有宴席，没有钻戒，没有婚房，没有蜜月的裸婚，只有两人对爱的回应和一起携手共度余生的勇气。

21

【题记：每个人都有属于自己的一片森林，也许我们从来不曾去过，但它一直在那里，总会在那里。迷失的人迷失了，相逢的人会再相逢。

— 村上春树 】

月色如洗，客厅里安静得让林静听到自己的呼吸，她沉浸在回忆之中，不知不觉中，泪水悄然无声地流下。

情感让自己不知所措，她害怕面对看到的照片，可理智又对自己说，要相信艾瑞克，相信自己的爱人，相信感情。人就是这样矛盾的结合体，感情和理智不停在做斗争，如果感情占上风，心魔会发疯；如果理智占上风，一切都可以风轻云淡。

不知坐了多久，林静累了，半躺在沙发上睡着了。

艾瑞克回到家的时候，看到沙发上睡着的林静，说不出的心疼。他轻手轻脚地把她抱起来，准备抱回主卧室。

林静忽然醒来，看到自己躺在艾瑞克的怀里，心里所有的委屈忽然烟消云散。她伸出手去搂着艾瑞克的脖子，在他脸颊亲了一口："老公，你回来啦。"

"我回来了，好挂念你。" 他也回吻了林静。

两人躺在床上，艾瑞克捧着她的脸，本想再吻，林静抗拒了一下，整个人一下坐起来。艾瑞克有点心虚，也坐了起来："怎么了，老婆？"

"你今天忙什么啊？"林静尽力压住内心的颤抖，用很平静的声调慢慢地问。

"今天啊？别提了。我公司有个项目经理，诺，就是那个我说同年轻时的你长得有点像的女孩林思敏，你还记得吗？"

"她啊，当然记得。我给你送汤时，她就在你办公室里。"林静说得有点漫不经心，但是语气中还是有警惕。

"对对，就是她。你猜怎么着？"

"怎么了？"

"她居然晕倒在办公室里了！当时办公室里没有人，菲利普也不在，我来不及叫救护车，急急忙忙把她送医院了。事发突然，又没有人可以帮忙，我只好把她抱下楼，还抱上了车，自己开车去医院。你知道的，林思敏是北京项目关键人物黎明的女儿，她对我们公司特别重要。明天黎明要来公司开会，指明要她做报告，这个关键时刻，一定不能出什么岔子。好在后来送到医院，她只是低血糖，吊葡萄糖水就没问题了。我叫菲利普去守着,自己先回来。就这样。"

说真话是世界上最容易的事情。不像谎言,一个谎言,需要更多的谎言来掩盖。

照片中艾瑞克抱着的人,应该就是林思敏了。林静立马放下心来,不知为何,她觉得自己好荒唐,居然开始怀疑艾瑞克,泪水莫名其妙地一下涌出来,止都止不住。

"老婆你怎么了?"艾瑞克有点慌,"是不是不喜欢我抱着别的女人?对不起,当时事出突然又不想等救护车来,情急之下没有考虑那么多。别哭了老婆。你一哭,我心都碎了。"

林静知道这是艾瑞克的真心话:"老公,我不是小气的人,只是最近脑子有点胡思乱想,不知道是不是因为在家里待得太久,有点患得患失。"她止住了眼泪,把头埋到他的胸前,紧紧地抱住了他。

"不哭了就好。李太太只有一个,就是你。不要胡思乱想,也不要怕,谁也改变不了这个事实。"这些话,不知是说给林静听还是说给自己听。

"知道了,我信你。"

艾瑞克知道,他已经辜负了这个信字,但整件事情非常蹊跷,醉酒后把持不住的事情,他无法向林静启齿。她会相信这根本不是他的本意吗?她有可能原谅他吗?想到这里,他赶紧闭上眼睛,抱紧了怀中的林静。

也许两人都累了,不一会便相依睡着了。

如果你真爱一个人,就能接受发生在他身上的一切吗?

黎明第二次上启德公司来听工作报告,依然是由林思敏做主讲。一众人在会议室里认真地听。这次黎明还把北京项目的财务总监和集团副总都带来,一边听,一边做记录。林思敏汇报完毕后,财务总监和副总都提出了问题,林思敏回答不上来的地方,艾瑞克就派资深项目副总回答。整个过程非常顺利,看得出来,北京方面对启德非常满意。

会议结束后,黎明照例向李一德提出,要单独同林思敏问几个问题。李一德爽快答应,所有人都到隔壁的会议室休息,留下了黎明和林思敏。

林思敏站在幻灯机前,低头看材料,心里很紧张。

黎明从位子上站起来,想向林思敏走去,又有点犹豫。

两人都不说话,会议室里安静极了。

"黎董您还有什么问题吗?"林思敏主动开口打破沉默。

"敏敏,你什么时候去北京看爸爸?"黎明声调有点激动。

林思敏看着父亲,"爸爸"两个字犹如千斤重,难以开口。

"黎董,北京项目一拿下来,我就去北京。"她脸上带着职业性的微笑,可心里却有痛。在心里叫了多少次"爸爸",现在爸爸就在眼前,却张不开口。

"这样啊。那快了,爸爸很快就能在北京见到你了。"黎明苦笑着说,眼里有期盼。"你们准备得很好,爸爸很满意,北京项目很快就有定夺。爸爸希望早日在北京见到你。爸爸老了,不中用了,整日盼望着女儿在跟前,你能理解爸爸的心情吗?"

"黎......我懂。全都懂。"林思敏眼里的泪马上要迸发出来,她赶紧低下头,生怕黎明看到:"您要是没有什么其他问题,我先出去了。"

"敏敏,你还怪爸爸吗?"

"没有。"

林思敏拿起手中的文件,快步走出会议室,黎明望着她的背影发呆。

李一德,李天勤和一众启德集团高管走进会议室。李一德伸手欲与黎明握手,黎明热情地伸出手。

"黎董,您对林小姐的回答满意吗?她要是哪里没回答好,请您多包涵,年轻人始终经验不足,不过我们团队是老中青搭配,贵司尽可放心!"

"李总您过谦了,世界不是在年轻人的手中吗?林小姐功课做得很好,没有什么好挑剔的。今天我们财务总监和集团副总都来了,看得出他们也都很满意。北京项目的投标公司中，启德最有实力，也最有诚意，我会向董事会郑重推荐贵公司。"

"多谢黎董的谬赞，启德不胜荣幸！选择启德，一定不会让贵集团失望。我们静候佳音！"

大家在握手中告别，李一德等人送黎明和他的班子到电梯口，林思敏跟在老板们后面一起送别黎明。在等电梯的空隙，黎明特地远远地看林思敏，她抿了抿嘴，微微笑了笑算作回应。李一德看在眼里，转身对林思敏说："思敏啊，刚才黎董特地表扬了你，说你功课做得好，你来谢谢黎董的指导吧。"

林思敏走到黎明跟前，伸出手："谢谢黎董不吝赐教，思敏记住了。"

黎明稍有犹豫，伸出手紧紧地握住思敏的手，定定地看着她，没有说话。

林思敏抽出手来，向黎明稍微点头，便又走到李一德身后。

等黎明一行走进电梯告别后，李一德又把艾瑞克叫到办公室。

"你怎么看？"

"爸，北京项目估计很快就公布合作方了。启德志在必得！"

"哦，这么有信心？"

"当然了，爸，你没听到黎明的话吗？他会向董事会推荐我们公司，那就是成了！"

"低调再低调！别说现在还没公布结果，就算公布了，也不要太忘形。竞争对手不会善罢甘休的。"

"爸您放心，我从来都是高调做事，低调做人。"

"你去问问林思敏，她爸同她说了什么。"

"知道了爸，放心吧。"

李一德拿起刚烧开的水，对着茶叶泡上第一泡的时候，心随着翻腾的茶叶在翻滚。每一次超大型项目要开标之际，总会发生一些事情，他不能掉以轻心。这一次更是。

22

【题记： 并不是每一次握手言和，都能够抚平伤害。

——独木舟】

"李总您找我？"林思敏走进艾瑞克的办公室。

"坐，思敏。"

林思敏脸上有着少见的轻松。"你是不是想问我，黎明问了我什么问题？"

"不是，我是想问你，今天见到父亲的感觉，是不是与上次很不一样？"

林思敏开心地笑了："真是很不一样，艾瑞克，谢谢您！"

"谢我？为什么？"艾瑞克明知故问。

"感谢你开导我，让我慢慢想通，不再纠结，不再去恨他，相反，尝试去理解他。今天我特别轻松。原来放下恨是一件特别快乐的事情，痛苦的根源是自己想不通。"

"想不到一夜间你变成哲学家了。"艾瑞克故意打趣："多从别人的角度去看问题，尝试去理解别人，这样对别人好,对自己更好。看到你现在的样子,我真为你开心。"

林思敏鼻子一酸,眼睛有点湿润,这么多年的心结,居然悄然打开。

"说说公事,黎董说了些什么?"

她回过神来:"李总,北京项目有戏了!我觉得应该很快就有结果,黎明选择启德没有悬念。咱们这么久的努力终于没白费!"

"这临门一脚,全靠你了思敏!没有你,启德不可能这么快这么顺利地打动黎明,谢谢你!"

"李总您客气了,这不是我一个人的功劳,我进公司时间不长,贡献最小。感谢你给我学习的机会。"

"好了别谦虚,我们继续努力,等正式拿下北京项目再一起庆功!"

"那我先出去了。"林思敏笑着走出艾瑞克办公室。

菲利普敲了敲艾瑞克办公室的门,便急急走进来。他递给艾瑞克一个公文袋,并在耳边低声说了几句。艾瑞克一边紧锁眉头,一边大骂了一句:"婊子!"

正在这时候,电话响了,是吴影。

艾瑞克强压心头怒火,用很平静的声音接起电话:"什么事?"

"亲爱的,想你了。这回接电话怎么这么快?"

"有事说事。"冷冰冰的声调似冰川。

"没什么事，就是想你了，下午就想见你。"

艾瑞克的怒火几乎要烧起来了，刚想发作，看到菲利普让他压制火气的手势，忽然心生一计："好啊，下午四点，在我们公司对面的咖啡厅见面吧。不见不散。"说完直接挂了。

"大哥，你真要见吴影这个可恶的女人？她就是个大麻烦，还是远离比较好。"

"菲利普，该来的会来，该去的会去。躲，是没有用的。我倒要看看，她到底还有什么花招。"

此刻林静的手机收到一条陌生手机发来的短信，"下午四点，启德对面的咖啡厅，有好戏。"

当时林静正在嘉嘉的国际学校里做义工，学校准备筹备一个汇报演出，义工家长们正围在一起商量晚会的分工合作。她看到手机短信，脸一下沉了下来，这个神秘人物到底想干什么，要她去怀疑自己的老公，去监视自己的老公吗？信息到底是为自己好，还是成心破坏？林静很犹豫，她相信自己的老公，但内心有一个声音在鼓动自己下午四点去咖啡厅看个究竟。

林静走出学校一共开会的会议室，站在空旷的走廊，给艾瑞克打了个电话。

艾瑞克正跟菲利普说着话，看到林静打来，便快快接起："老婆，你不是在嘉嘉学校做义工吗？"

"老公，我的左眼跳得很厉害，害怕有什么不好的事情发生，忍不住给你打电话。"

"老婆，你有没有不舒服？是不是最近太累了？我看你瘦了好多，要是累了，就回家多休息。"

"老公，你下午要出去吗？"

艾瑞克听到林静这么问，心里咯噔了一下："你为什么这么问？你从来不问我去哪里。"林静听出他心中的警觉。在一起生活了那么多年，她熟知艾瑞克的每一种语气，这种警觉，恰恰证实了手机短信的可信度。

"没什么，我就随口一问，没什么事我就挂了。"没等艾瑞克回答，林静就把电话挂了，她忽然感觉两条腿发软。天气忽然闷热，让她觉得有点喘不过气来。说不好是她害怕短信是真的，还是什么别的原因，后背一阵凉。她打定了主意，下午四点，一定要去启德看个究竟。

艾瑞克被林静挂了电话，心中有不妙的感觉，冥冥中他觉得林静可能知道了什么，不然不会唐突地打来电话，更不会问他下午是否要出去。这一切都很奇怪，但他下午四点一定要赴这个约，与吴影当面说清楚。

下午四点，艾瑞克准时来到公司对面的小咖啡馆，到的时候，吴影已经坐在了临街的窗边，正看着窗外发呆。

吴影化着淡淡的妆，一件白色棉质上衣，荷叶边的设计露出了瘦削的锁骨和肩,既性感又娇俏,口红也是桃红色,如果没有那晚的事情,一眼望去,她是一位既有中年熟女的风韵,又娇媚可人的女子。可一想到那晚的遭遇,艾瑞克就气上心头。

他来到桌前,一声不响地坐下。"说吧,找我什么事?"不想一坐下就吵架,他强压心中的怒火,语气平静。

吴影没作声,从烟盒里拿出烟,慢慢点上:"你还记得我们第一次见面时的情景吗?你穿着一件白色的CK T恤,浅蓝色牛仔裤,一头卷发,染成金黄色,戴着一副黑边眼镜,既斯文又狂野,特别喜欢同人开玩笑,总是把人逗得哈哈笑。"

艾瑞克没想到吴影会说这些,便从自己的烟盒里掏出一根烟,点上。

"后来,我一直暗暗喜欢你,每次你叫我和同学一起出去玩,怕被你发现我喜欢你,便总叫上林静。林静是我的室友,我的闺蜜,我同她说,艾瑞克是个很好的男孩子,值得托付终身。你知道我为什么这样对她说吗,艾瑞克?"吴影吐了一口烟圈出来,一脸认真地看着他:"因为我喜欢你但又不敢告诉你。我想通过同她说这些来给自己打气。可没想到……"吴影无奈地笑了笑:"你们居然好上了!我亲手把自己喜欢的男孩送给了最好的朋友!你说我傻不傻?"

艾瑞克一直不说话，一口接着一口地抽着烟。

"林静以为我贪慕虚荣，一心想嫁给有钱人，那只是我对她说的表面话，她根本不知道，我爱上你的时候，你什么都不是！"吴影的情绪开始有点激动，但艾瑞克能感受到这些都是她的肺腑之言。

"吴影，过去的事，说了没有任何意义。我和林静已经结婚这么多年，两个孩子都大了，我爱她，也只爱她，不会再爱别人。你若是真的在乎我，就不应该做那些龌龊的事情。你以为这样做，我就会爱你，背叛林静吗？"

吴影脸上没有半点吃惊，"你都知道了？厉害！是，我是龌龊，我是无耻，我是疯狂！但都是因为我爱你！我要得到你，即使只有一个晚上，我也心甘情愿，心满意足！"她边说边笑，一半是凄惨一半是甜蜜。

"说吧吴影，你想怎样？我不会容许任何人破坏我的家庭，更不能容忍有人对林静做出半点伤害，所以我奉劝你，最好不要做什么出格的事情，不然的话，不要怪我对你不客气。"艾瑞克边说边微笑，看不出半点威胁，可语气生硬。

"我知道你心里只有林静，这是我的机票，明天飞温哥华。既然我都要走了，只有一个小小的请求。"吴影边说边把一张纸放在桌上，让艾瑞克看。的确是一张第二天飞温哥华的电子票。他悬着的心终于放下。

"说吧吴影，既然你都要走了，有什么请求，我尽力

175

做到。"艾瑞克心里有说不出的轻松。

"我要你亲我一下，就当是告别之吻，毕竟，我们春宵一刻，也算是露水夫妻一场。"吴影忽然向前紧紧握住艾瑞克的手。

对吴影突如其来的要求，艾瑞克愣住了。要走了还有这些过分的要求，这让他有点烦乱，一时间，居然没有甩开吴影的手，反而低头沉思了片刻。

吻她，对不起林静。不吻的话，不知吴影又要提什么其他更过分的要求。

"这样吧，我就吻一下你的额头，算是告别吧。"吴影含笑答应了。

艾瑞克起身上前，低身在吴影的额头上轻轻一吻，她身上有一股奇特的香水味，让他怔了一下，这就是那晚她身上的味道。

在艾瑞克正准备走的当儿，吴影忽然搂着他的脖子，将他拉向自己，热烈地吻住了他的唇。

一时间，他整个人都蒙了，头嗡地一下大起来，不知发生什么事。这个吻来得太突然，恍惚间却有点熟悉，让他忽然想起那天晚上的事情，男女之间的事情像潘多拉的魔盒，不能打开，一旦记忆被打开，很难封锁那道门。

玻璃窗外，下午的太阳正好，晒得柏油马路发烫，路上的行人稀疏，路边的树荫下站着一名戴着帽子和太阳眼镜的女子，正是林静。

她躲在树的一旁，清清楚楚地看到，艾瑞克从咖啡桌的这边起身，走到吴影跟前，先是轻吻了她的额头，然后吴影热烈地抱着他的脖子，亲吻着他的唇，而他竟没有马上推开她，只是整个人呆站在那里。林静全身发抖，眼前发黑，头一下眩晕起来，整个人都快站不住了。如果不是亲眼所见，她断然不会相信照片，或者别人的鬼话，眼前的他，居然同自己大学时最好的闺蜜热吻在一起，就在光天化日之下。那夜晚呢？是不是还有什么不可告人的秘密？日头晒得人发烫，她却仿佛身陷北冰洋。她不敢再看下去，被枕边人背叛的晴空霹雳让她一直发抖，不能自持。林静一边发抖，一边失魂落魄地慢慢走开了。

街道的一角正站着一个黑衣人，从不同角度快速地拍下很多照片，照片里的吴影如痴如醉，艾瑞克呆站着不懂反应。

艾瑞克忽然冷静下来，猛然推开吴影。

"请你自重。既然你都要走了，咱们之间也没什么好谈的，我希望你回温哥华好好重新开始，找到属于自己的幸福。也希望你不要打扰林静。她人特别单纯，对感情有着重度洁癖，我不希望你说的或者暗示的任何事情让她有什么误会。而至于我们之间，就让它随风而逝，那就是一个错误。你的把戏，我全部调查清楚了，不戳穿你。请你好自为之。如果让我知道你对林静胡说八道，我自有办法让你后悔万分。这样说，清楚了吗？"

艾瑞克坐在位子上，微笑地说着，彬彬有礼。

"放心艾瑞克，我爱你，比你想象中的还爱你，以前爱，现在爱，将来也爱。时间会给你答案。我走了。"吴影脸上有诡秘的笑容，她向艾瑞克递上一个妩媚的飞吻，春风满面地离开。

不知为什么，艾瑞克心里有种不祥的感觉，好像自己中了套。

23

【题记：不是所有的鱼都会生活在同一片海里。纵使无奈不情愿，生命里很多人也只是过客而已。这世间最折磨人的，就是站在原地，以为还回得去。

——村上春树】

艾瑞克回到公司，心情莫名地烦躁，原本以为已经解决的问题，吴影临走时诡秘的笑容让他觉得阴影挥之不去。

他的直觉告诉他，吴影并不只是一走了之。可眼下自己又能做什么？同吴影间的荒唐事，万不能主动同林静提起，只会越描越黑。可一想到要瞒着林静，他的心既慌张又忐忑。瞒得了初一，瞒得了十五吗？如果她从别的渠道知道了那件事，后果岂不更糟？

这真是一道无解的难题。

该死的吴影，口口声声说爱自己，却把自己推入罪恶的深渊。光是吴影这恶毒的本性，艾瑞克断然不能同她再有任何联系。

快下班前，菲利普跑来同他请假："大哥，今天不能送你回家，我爸安排了一个相亲，是他兄弟的女儿，我一定得去，所以要麻烦你自己开车回去，或者我去安排值班司机送你？"

艾瑞克心绪还是没能平静，不想别人送，便同菲利普说："没事，我自己开吧，顺便把林思敏也送回去。祝你相亲成功！早日找到喜欢的女孩。记住，善良的女孩最可爱。再美的人，心肠歹毒的话，你一辈子倒霉。"

菲利普听出来弦外之音，便笑着点头："大哥你也要小心一点，今天黎董对我们公司很满意的消息，已经在业界传开了，不知那些竞争对手会如何不择手段，做出什么出格的事情来。"

"放心吧，我会小心的。他们能把我怎样？"

菲利普开心地走出了办公室。

艾瑞克无心在办公室待下去，便收拾东西走到林思敏的桌前。

"思敏，今天别加班了。黎董对咱们这么满意，你是大功臣！早点回去休息吧。我送你！"

林思敏感激地对着艾瑞克笑："谢谢老板体恤。我这就收拾东西，五分钟后走。"

当艾瑞克和林思敏来到地下停车场时，他们穿过平时经常走的过道，发现那一段路的灯居然全都黑了，走道里黑漆漆的，艾瑞克忽然有种不好的预感。

就当他们快走到车前时，黑暗中忽然窜出一个蒙面黑衣人，手上挥舞着一把明晃晃的大刀，猛然向艾瑞克扑来。

说时迟那时快，林思敏大叫一声："艾瑞克小心！"整个人一下挡在艾瑞克的面前，大刀一下刺进了林思敏的大腿上。空荡荡的停车场听到她惨叫的声音。

艾瑞克一把扶住林思敏，并向前大声呵斥："你是谁，想干什么？"向前企图夺下他的刀。黑衣人身手敏捷，动作迅猛，挥舞着刀向艾瑞克左右进攻，刀刀凶猛，刀刀致命。好在平时艾瑞克喜欢健身运动，反应灵敏，左躲右躲，只是胳膊上被刮了些刀痕，并无大碍。

就在两人激烈格斗之时，远处传来跑步声和叫喊声："艾瑞克，你没事吧？你在哪？保安马上就到了。"那是菲利普的声音。艾瑞克的心更定了，一个对两个，这个黑衣人未必是他们的对手，再说，保安马上就到，黑衣人应该不会希望被抓到。

听到有人来了，黑衣人没有犹豫，拿着刀向黑暗跑去，留下艾瑞克和已经赶到的菲利普。

"大哥，你没事吧？"

"我没事，思敏受伤了，我们得马上送她去医院。"艾瑞克快步跑到林思敏身边，把她慢慢扶起来；"思敏，思敏。你没事吧？疼不疼？我们马上送你去医院。你要坚

181

持住啊！"

黑暗中传来林思敏的声音："艾瑞克我没事，就是很疼，腿疼。"

艾瑞克小心翼翼地抱起林思敏，把她放到车的后座，自己也坐在后座，把她揽在怀里，菲利普做司机，火速地开往最近的华侨医院。

急症室的护士看到急忙跑进来怀抱着林思敏的艾瑞克，有点吃惊："你们怎么又来了？腿怎么了？流这么多的血。快！赶紧进手术室，看看是否需要缝针。小心别感染了。"

护士们急忙把几乎晕过去的林思敏推进手术室，艾瑞克和菲利普站在外面焦急等待。

"大哥，黎董还在广州，要不要马上通知他？毕竟，他是林思敏的父亲。"

艾瑞克眉头紧锁，"不，先打电话给老爷子，告诉他这件事情。这个电话还是我来打。"说完便马上打给李一德。

"爸爸，您现在在哪？"

"怎么了？出什么事了？声音这么慌张？"李一德紧张起来，他没有听到过艾瑞克这种语气和语调。

"爸爸，刚才有人在公司的地下车库想刺杀我，林思敏当时同我在一起，她特别勇敢，上前替我挡了一刀，后来菲利普来了，那个人就跑了。我没事，请不用担心。林思敏现在在手术室，应该没有生命危险。您要不要马上来华侨医院？黎董还在广州，我觉得我们在情在理都应该通知他来医院。您说呢？"

李一德是见过风浪的人，听到儿子没事，心就放下许多。

"好的。我现在马上叫司机送我到华侨医院。你呀，太大意了，从今天起，出入要带保镖，也尽量不要自己开车。我半小时内到。"

同父亲通了电话后，艾瑞克马上打给了黎明。黎明接电话很快。

"黎董您好，我是李天勤。"

"小李总好！有事吗？"

"有一个坏消息想告诉您。请您先不要惊慌。"

"哦，什么事？"

"我们公司的林思敏小姐刚才在公司楼下遇刺了，我刚把她送到了华侨医院。思来想去，我觉得还是要告诉您。思敏同我说，您是她唯一的亲人。"

"什么？思敏受伤了？严不严重？谁干的？你说你在华侨医院？哪个华侨医院？我马上就赶过去！"黎明的声音在发抖。

"我们公司旁的华侨医院。我马上发地址给您。思敏被刺伤腿部，现在在手术室，应该没有生命危险。我在这等您。"

艾瑞克没有细说林思敏为什么会受伤，毕竟他自己都不清楚，黑暗中到底发生了什么事，那个蒙面黑衣人到底想干什么，是谁派来的。他也没点明他已经知道了林思敏与黎明的关系，但是足以让黎明明白，艾瑞克是林思敏信得过的人，她同他说了心里话。

半小时后，李一德和黎明同时出现在医院里。他们迅速握了手，打了招呼，便一同向艾瑞克询问到底发生了什么。艾瑞克两边手臂都有被划伤的痕迹，手臂上的衬衫也破了。他一直都没包扎，和菲利普等在手术室门口。

"父亲，黎董，刚才医生说了，缝了针，思敏已无大碍，一会就可以回病房休息了。请不用担心！至于今天袭击我们的蒙面黑衣人，我已经叫手下去查，同时也报警了。"

"查！一定要查！省厅我有朋友，一定要让他们好好查查！简直无法无天了，光天化日之下居然敢行凶，眼里还有没有王法！倘若思敏有个什么后遗症，我会叫他们痛不欲生！"黎明越说越激动，声调高昂起来。

李一德也十分生气地说："岂有此理！居然有人连女人都不放过，太离谱了！艾瑞克，我们一定要查个水落石出，为思敏找回公道！"

黎明握住艾瑞克的手，动情地说："谢谢你李总！多亏你在一旁，保护思敏，又及时把她送来医院，不然的话，后果不堪设想。思敏要是有个三长两短，我，我也不想活了！"说着说着，他哽咽了，老泪纵横。

艾瑞克看着心里也不好受，便扶着黎明坐到墙边的座位上："黎董您放心，医生刚才说了，思敏没有大碍，就是要好好休息，好好调理，她还年轻，很快就会恢复了。"

"那就好，那就好！"黎明呆呆地坐在座位上："她妈妈前两年走了，走的时候最不放心的就是这个女儿。你说万一我没把她照顾好，如何向她妈妈交代？我对不起她们！"一边说，黎明一边呜呜地抽泣。

叱咤风云，不可一世的黎明，当下就是一个年迈瘦弱的老父亲，流着泪，担心着自己唯一的女儿。

艾瑞克觉得应该给黎明一点私人的空间，调节一下自己的情绪，他悄悄站起来，该给林静打个电话了。

可他打了很多次电话给林静，她都没接。打家里电话也没人接。微信留言也没回。真奇怪林静从来不会这样。艾瑞克心里有种不好的感觉，越来越浓重。难道她知道了什么？看到了什么？

管不了这么多了，他发了条短信给她。

"老婆，今天我在公司的地下车库被人袭击了，幸好林思敏帮我挡了一刀，我没受伤，她受伤了，现在在华侨医院，今晚看情况我不一定回家。你要是不相信，可以来华侨医院看我。想你，老公。"

"你要是不相信"这几个字，他写了删，删了又写，心中想不好。到底要不要写。最后还是决定加上去，因为

185

他分明感受到了她的不信任。可他又怎能怪她？分明是自己先做了对不起她的事，隐瞒了不能告知她的秘密。

林静接到这条短信的时候，正拿着一瓶红酒坐在客厅沙发上，时不时喝上两口，一边喝，一边傻笑，一边流泪。彼时，半瓶已经下肚。她从来不喝酒，但这天所经历的事情让她不知该如何面对，唯有酒精的麻醉让她可以稍稍放松，可以借着酒劲撒撒野。

这么多年，她一心一意做一个好妻子，好母亲，用尽全力去爱自己的丈夫和子女，可为什么艾瑞克偏偏与自己曾经最好的朋友纠缠在一起？

不管他们之间发生了什么，到了哪个程度，今天亲眼所见让她不知该如何去面对自己的丈夫，该如何面对自己的心。

酒这个好东西，喝着喝着，很多以前开心的事情浮现在眼前。她和艾瑞克，吴影三个人在温哥华一起读书，一起吃饭，一起看电影，一起出去玩。但为什么那些画面的出现让她有着揪心般的痛？越回忆越痛，眼前开始模糊起来。

她蜷缩在沙发上，半躺着半眯着，困了，累了。

收到艾瑞克的信息之后，她忽然清醒过来，他被人袭击了？有没有受伤？她的心被揪了起来，钻心地疼得不行。林静必须马上到医院去看看到底发生什么事。

林静打电话给司机，让他赶紧到家里接她，要快。

24

【题记:"追逐梦想就是追逐自己的厄运,在满地都是六便士的街上,他抬头看到了月亮。"】

林静洗好脸,喝了很多茶,人清醒不少。司机到的时候,她已梳洗完毕。

华侨医院人山人海,她快步穿梭在人群中左右张望,在急诊室门口看到菲利普,她向他招了招手。菲利普笑着朝林静走过去:"大嫂,你怎么来了?"

"艾瑞克给我发了短信说他被袭击了。林思敏帮他挡了一刀,是吗?艾瑞克怎样?他还好吗?林思敏伤得重吗?没有生命危险吧?"平时特别淡定的林静,此刻焦急地倒出一大堆问题。

"是这样大嫂。今天都怪我,因为家里安排了事,就没送大哥回家。大哥想着下了班送林思敏一程,他们就结伴走了。谁不知刚来到地下停车场,就被一个黑衣人袭击了。

当时车库很暗,灯好像都被故意破坏了,所以根本看不清是什么人干的。黑衣人挥舞着刀向大哥刺去。是……"菲利普刚想说,停顿了一下,左右看看,压低了声音对林静说:"是林思敏帮大哥挡了一刀,被刺伤了大腿,流了不少血。不过现在缝了针,她没有生命危险,就是失血蛮多,需要好好休息。"

"艾瑞克呢?"林静忍不住打断菲利普。"他伤到哪里了?要紧吗?"

"嫂子放心,大哥就是被划破了手臂,皮外伤,没有什么大碍,他现在应该是在林思敏的病房,你要不要也去看看?"

林静点了点头,便跟在菲利普后面向病房走去。走到病房门口,菲利普刚想敲门,被林静制止了。她示意他可以先离开,自己留下看望。菲利普点头便向护士站走去。她没有敲门,静静地站在门外面,透过门上的玻璃向里望去。

艾瑞克坐在林思敏的床前,定定地看着她。林思敏吊着药水瓶,脸色惨白虚弱。"艾瑞克,你没事吧?"

"我没事思敏。你怎么这么傻,帮我去挡那一刀?你知不知道可能会送命的?"艾瑞克一脸怜惜,眼睛泛着光。"你知道我刚才有多担心?如果真出了什么事,我怎么向你父亲交代?我一辈子都不会安心的。"

"艾瑞克,你真的一辈子……都不会安心?你这么担心我吗？我在你心里，有这么重要吗？"

"傻丫头，你太傻了，下回碰到危险，应该跑得远远的，首先保护好自己，一个女孩子要学会自我保护。你是我的员工，我的优秀员工，我当然在乎。"

林思敏本来有点期盼的脸上忽然泛起一点白，她的手在床边慢慢地向前挪动，在艾瑞克的手边停下来。"只是因为我是你的员工而已吗，艾瑞克？"

病房里很安静，窗外一轮明月特别亮，圆得像玉盘。

艾瑞克愣住了，他好像听出了林思敏话中的话，那些话语后面的意思让他深吸了一口气。他垂下头，注意到了自己手边林思敏的手，纤弱，白皙。她正犹豫不决是否要把手搭在艾瑞克的手上。

"思敏你是个好女孩。真的。"艾瑞克声音低低的。"你救了我，我很感激，你的情我都记在心里。我不是一个无情无义的人，可是我不能给你想要的东西，你明白吗？不行。"

林思敏的脸色越来越白，她努力地咬住下嘴唇，泪水无声地留下双颊，一声不吭。

"你还年轻，聪明，漂亮，能干，一定会找到属于自己的幸福。"艾瑞克伸出手，慢慢地拭去林思敏眼角的泪。"如果我让你伤心了，是我不对。别哭了傻丫头，对身体不好。"

每一个"傻丫头"像电击像暖流像洪水像六月飞雪，

将林思敏吞噬。她闭上眼睛，任由泪水继续流下眼角，而她放在床边的手，悄悄地握住了艾瑞克的手，像冬天里最冷的冰，被放到了暖炉里，慢慢消融。艾瑞克本来觉得让林思敏握住自己的手，并不是一件明智的事情，可他并没有马上甩掉她的手。假如不能相拥，就握握手吧，更何况她刚救了他的命。

林静的眼前是一幅画，画中的男人静静地坐在病床前，刚帮病床上的女孩擦去眼泪，女孩的手像春天的紫藤，缠绕在男人的手上，男人并没有回避，反而翻过手掌，握住了她纤纤细手。至于他们之间说了什么，林静听不到，也不想听。那种弥漫在病房里的柔情和怜惜，穿过玻璃，像二氧化碳一样将林静窒息。她靠着病房的门，半天说不出话来，拼命地吸着气，仿佛需要足够的氧气来平复扑通乱跳的心。她该生气吗？还是该委屈？或者什么都不想，大度地推门而入，优雅地站在病床边，向刚刚救了自己男人一条命的女人献上自己的感激之情？

如果说人生是由一道道考题组成，那么摆在林静面前的这道考题，是她从未经历过，更没准备好的。下午她刚刚亲眼目睹自己最信任的丈夫与大学时最好的闺蜜私会亲吻，而当下，救了自己男人命的女人，正在向他表白。

"我们曾如此渴望命运的波澜，到最后才发现，人生

最曼妙的风景,竟是内心的淡定与从容。"杨绛

此刻的林静,内心翻江倒海,是进去还是不进去?

菲利普从远处走来,林静回过神来。她迅速擦去脸上的泪,离开了病房的门口。"我先走了,艾瑞克没什么事,我就不进去了。"留下一个诧异的菲利普,非常不解。"大嫂,你真的不进去吗?大哥看到你来,一定很开心的。"

"不了,艾瑞克正忙着呢,我不想打扰他。"林静木然地向出口走去,头也没回。菲利普心想,糟了,林静一定是看到什么不该看到的东西。他急急来到病房门口,透过玻璃门,看到艾瑞克正坐在林思敏床边,目光温柔如水。林思敏轻轻地笑,两人目光里只有对方。菲利普当下叫了声:"糟了。"便敲了敲门。

"进来。"艾瑞克笑着说。菲利普"咳咳"假装咳嗽两声。"大哥,你方便出来一下吗?"

"思敏,你好好休息,我先出去了。"艾瑞克跟着菲利普来到走廊上。

"大哥,刚才大嫂来了,站在门口看着你和林思敏半天,没敲门。后来我从护士站回来,看到她脸色都变了,还哭了。说你正忙,就不打扰你了,她头也不回地走了。我叫也叫不住。这可怎么办?八成是她看到什么场景,误会了。"

艾瑞克脸色忽然变了。"怎么会这样?你怎么不来通

知我一下？她看到什么了？"他忽然想起刚才自己握住了林思敏的手，还帮她抹眼泪。"不会吧，这么巧吗？今天是什么日子？中彩了吗？你大嫂该不会误会我和林思敏之间有什么吧？"艾瑞克焦急地问菲利普。

"大哥，别怪我多嘴。刚才我站在门外往里看，你同林思敏之间那种眼神交换，也太暧昧了。我若是大嫂也会误会。"

"真的吗？有这么暧昧？不会啊！我只是感激她救了我一命，也真心心疼她，把她当小妹妹来看。"艾瑞克自言自语地摇头。"我和林思敏？怎么可能！绝不可能啊。难道我做错什么，让她误会了？"

菲利普不是很确认，艾瑞克此刻口中的她，是指林静还是林思敏。"无论如何也是你不对，让大嫂误会，说不定，林思敏也误会呢。"

"你说什么？林思敏误会？绝对不可能！我都同她说了没可能！"

"原来真有此事！林思敏真的喜欢你。你还不注意点，对人家过度关心，女孩子不以身相许才怪！"菲利普皱着眉头摇头。

"嘘！拜托你小点声！这里是医院，黎董还没走。这会儿不知他是不是去找院长还是主治医师，刚走开的。你可千万别乱说，无论是被林思敏听到，还是被黎明听到，我真是跳进黄河也洗不清了。"

"大哥我劝你立刻，马上回家去。大嫂那边还不知会怎样。她的脾气你又不是不知道。赶紧负荆请罪吧，不然后果不堪设想。"

"你说得对！我现在马上回家。你叫司机备好车，你留下来，一来守着林思敏看看有什么需要安排。二来，万一黎董问起来，帮我解释一下。"

"没问题！快走吧。"

正在艾瑞克离开之际，李一德和黎明从远处走来。"糟了，这下不好溜了。"艾瑞克暗自发愁。

"天勤，你的手还疼吗？"李一德满脸的关心。"要不要紧？医生看了吗？上药了吗？"

"爸，没事。我的手就是被划伤了一点皮毛，不打紧的，您别担心。思敏现在精神还不错，就是身体比较虚弱，需要好好休息。"

黎明一听说思敏精神不错，舒了口气。"敏敏醒来了吗？我去看看她。刚才离开病房的时候，她还在昏迷呢。失陪了各位！"说罢便径直走进病房去。

"爸，咱们的人查出点眉目了吗？什么人干的？地下车库的监控调了吗？看到黑衣蒙面人的样子吗？为什么灯偏偏在那个时候全都灭了？是不是有人给咱们设局了？"艾瑞克一连串问题劈劈啪啪抛向李一德。

193

"你问的所有问题，都是爸爸想知道的。但一时间不可能都有答案。有几点可以确认。有人提前对你停车区域的那一片灯做了手脚，你下来的时候正好灯全部都不亮。黑衣蒙面人很有经验，全部的监控都只录下了他的远距离影像，而且都是蒙面，一点也不清晰。只知道他中等身材，魁梧，像是练班子。要查的话，一定费不少工夫。我同黎董讨论这件事时，都觉得很蹊跷。白天黎董刚在启德开会，对启德非常认可，北京项目很快揭晓将花落谁家，这个时候对你下手，是不是给我们一点颜色看，阻挠我们北京项目的进程？虽然现在这样说有点早，但不知为什么，我和黎董都有这个感觉，而且于我而言，这种感觉尤为强烈。"

艾瑞克的眉头扭成麻花状，毕竟这是一件牵扯到集团利益的大事，自己个人的安危反而不是他所思所虑的第一要素。假如李一德和黎明的判断是对的，那么躲在暗处的对手，接下来还不知会做何种反应？

"爸爸，那我们现在是不是要做好应急方案，以便更好地应对？"

"说得对，首先就要加强对你的安保工作，这样的恶性事件，我不容许发生第二次，今天是我们自己大意了，必须反思！"

艾瑞克几次开口想说自己要回趟家，但看到父亲既焦虑又担心的样子，就把话吞下去，他觉得此刻还是应该以大局为重,听从父亲的安排。李一德安排艾瑞克先不要回家,同黎董开个临时会议,讨论下一步两个公司该如何合作的事宜。

一行人先是坐在病房走廊的椅子上,后来黎明看到林思敏睡了,便提议回启德公司继续开会。李一德求之不得,便把一众高级主管都叫回公司连夜加班开会。

艾瑞克一边开会,一边有点心不在焉,因为他一直在思考自己到底哪里没做对,让林静不开心了。

25

林静不知自己是如何回到家的。

月色照在脸上,车窗的倒影映着广州街上的灯红酒绿。她叫司机沿着广州大道一直向前开。司机看到她铁青的脸,紧皱的眉头,没敢开口问,便顺着道路,跟着车流,毫无目的地行驶着。

"李夫人,咱们这是要到哪?再往前开,是去番禺的路,您这是要去办事吗?"

林静脑海里乱哄哄的一片空白,好像有千头万绪,却又不知从哪里想起。对,回温哥华!学校刚考完期末考,原本就想暑假回温哥华度假,顺便让儿子女儿去上圣乔治的暑期班,既然要走,何不马上走,留在广州自己已经不知道该如何面对艾瑞克,仿佛做了错事的是林静自己。

"不,我哪里也不去,回家吧。"

在司机掉头往珠江新城开去的路上,林静迅速地找到常年订机票的旅行社,为自己和嘉嘉月月定了第二天广州飞温哥华的机票。

她到家的时候，嘉嘉在房间画画，月月在客厅看书。因为已经考完试，两个孩子都没睡。

"嘉嘉，月月，快，收拾行李，明天我们回温哥华！"林静边说边走进主卧，把旅行皮箱拿出来。

穿着睡衣的嘉嘉和月月一起跑进了主卧，"妈妈，明天回温哥华吗？不是说过段时间再走吗？怎么这么急啊？"月月虽是妹妹，说起话来语气更像姐姐。她像个小大人一样抱着书，歪着头，看林静在拿皮箱。

嘉嘉也凑上来好奇地问："妈妈，爸爸同我们一起回去吗？"

哪壶不开提哪壶。

林静放下箱子，看着两个孩子，忽然有点心疼，特别是看到同艾瑞克长得如一个模子里倒出来的嘉嘉，她的心抽紧了一下。"爸爸不同我们一起走，他忙。我们三个回去。快，赶紧收拾去，不用带太多行李，反正温哥华什么都有，把你们喜欢看的书带上就好了。哦，还有暑假作业一起带上。嘉嘉，琴谱别忘了。"林静说完就没再理会他们，埋头收拾起来。

嘉嘉和月月乖乖地回到各自的房间，也开始收拾起来。

林静看到他俩的背影，心情莫名抑郁起来。抑郁这只黑狗，说来就来，不会同你打招呼。扑向你的时候，整个人精神恍惚，双眼模糊，有时是泪，有时是迷糊，整个人

197

一下被掏空，身子轻飘飘，脚上注入了铅，举步向前皆艰难。林静不知是否自己忽然抑郁了，但是在没有人的房间里，她仿佛被抽空了，想哭，却没有了眼泪。

她慢慢坐在床边，不知下一步该何去何从。

原本这个暑假她已经约好了艾瑞克原来杂货铺老板阿全的太太安妮，准备去西温哥华看房。艾瑞克当初答应林静，要在靠山面海的西温哥华买一个海景别墅，住上"此生无悔"房，躺在床上都可以欣赏海景。可现在林静心里乱如麻，这海景别墅是买还是不买，她一下没了主意。如果老公没了，要豪宅来干吗？

"咚咚咚"一阵敲门声打断了林静的思绪。嘉嘉和月月一起跑进房。月月抱着林静的脖子，一边撒娇一边摇："妈妈，我已经收拾完了。哥哥也收拾完了。"

林静在月月粉嫩的脸蛋上亲了一口，"月月乖，赶紧睡吧，明天上飞机，一定会很累。嘉嘉乖，赶紧回去睡吧。"说完在嘉嘉的脸上也亲了一口。两兄妹一人在林静的一边脸颊上亲了一口，"妈妈晚安。"便乖乖回房了。林静是个严母，对两个孩子从小严格要求，不许他们娇气，不许他们偷懒，更不许他们贪图享受。两个孩子身上没有任何名牌，林静自己也朴素简单，完全没有亿万富豪家庭的做派。懂事的哥妹俩让她很欣慰，如果说，过去十几年在林静心里最大的成功，便是把两个孩子培养出来，起码初具自己想看到的样子。

林静看着快速收拾出来的一个大皮箱，忽然感到头很疼，身子也虚飘起来，正想洗个澡睡去，忽然收到一条手机短信，是艾瑞克发来的。"老婆，今晚我不回去了。黎董在公司开会，估计要很晚。明天把公司的事情安排好我就回去。爱你，老公。"

看到艾瑞克说不回家的短信，林静反而轻松了，这样她就不用向他解释，为什么要急急忙忙回温哥华的原因，而且走之前也不用面对他。

按照她刚烈的性子，林静本应好好质问艾瑞克，最近发生的许多事情到底是怎么回事。可当下，她却没有动力去对谁大吵大嚷。质问根本不能解决问题，假如艾瑞克是爱她的，他知道如何向她交代，如何与她相处。假如艾瑞克爱上了别的女人，林静去哭去闹也无济于事。结婚十几年后，她好像在生活这出平淡如水的舞台剧中，渐渐失去了自己的光彩，变成了可有可无的布景。有时她会胡思乱想，不知在艾瑞克心里，她林静已经变成什么模样。

广州再见！温哥华，我回来了。她感觉眼皮很重，周围很安静，她的思绪已经飞到了大洋彼岸。

林静带着嘉嘉和月月，拖着一个小小的手皮箱，在头等舱安坐下。她思来想去，假如不给艾瑞克发个信息，实在说不过去。她便发了一条短信给他："老公，我带嘉嘉和月月回温哥华了。最近发生了很多事，我的心很乱，想早一点回温哥华散散心。忙归忙，你要注意身体，更要小心人身安全，万事平安最重要。钱是身外之物，没有了身体，什么都没了。我和孩子们都需要你，所以请你务必保重。爱你的，静。"

林静正低头发短信，耳边忽然传来一个熟悉的声音："静静，怎么是你！"她抬头一看，居然是吴影！林静的心一沉，脸上露出一丝勉强的笑容。"影，怎么是你？好巧啊。"

"是啊静静。怎么，你和孩子们要回温哥华吗？"吴影满脸笑容，面对林静没有半点的尴尬，仿佛昨天下午在咖啡馆里亲吻艾瑞克的另有其人。

"嗯，我们回去度暑假。"林静面无表情地回答，她的心骗不了她的眼睛。

吴影若无其事地说："艾瑞克不回去吗？"

林静恨不得站起来质问吴影，昨天为什么要亲吻自己的丈夫？在当下这样的场合，不合时宜，也无济于事。她想不通他们两人之间到底发生了什么，为什么会偷偷会面，又偷偷亲吻。家庭和丈夫都需要捍卫，在一切没有搞清楚之前，她不能失了分寸，更不能失了风度。

林静努力平复了心情，和颜悦色地说："不，我老公他最近在忙一个大项目，走不开，我们先走。你呢，吴影？怎么没见你的女儿小静静？你一个人回温哥华吗？"

是的，她的主场她必须夺回来，凭什么要让吴影占了上风？小静静被送到我妈家了。一看到她就想起她那狰狞暴力的父亲，想着就难受。我不想见到她，也不想见到她父亲。温哥华好呀，有熟悉的环境，熟悉的朋友，平静的生活，不是蛮好的吗？广州，我住够了！"吴影的眼睛低沉下来，似乎很不想提起自己的女儿。"我坐后面的商务舱，静静，我们温哥华约起来啊！" 吴影朝林静挥了挥手，向商务舱走去。林静如释重负，长吁一口气。她讨厌面对吴影，甚至想扇吴影一个耳光，可这么多年的闺蜜情，她下不了手。既然下不了手，那就索性做个鸵鸟吧，把头深深埋起来，不去想吴影同艾瑞克之间的烦心事。

开了一个晚上的会，艾瑞克既疲劳又兴奋。

刚回广州打拼的时候，他为了拿项目，试过三天只睡四个小时，也试过睡在机场等飞机。李天勤拼命三郎的名声，在业内是出了名的。他不想依靠父亲的荫护得到自己想要的东西，相反，李家的家风要求孩子们通过自己的努力去争取一切，无论是金钱，地位，还是别的。

嘉嘉和月月长年都是一周只见到爸爸一次，有时艾瑞克忙起来，一个月能见孩子们一面就不错。为了事业，艾瑞克重复着当年李一德的生活轨迹，孩子扔给太太，自己到处出差，看项目，拿工程，盖房子，控制预算，监督进程，大到参与投标，小到下工地保证进度和质量，艾瑞克凡事亲力亲为，别人十年所学所干，他艾瑞克三年全部经历一遍，而且每件事都做得很出彩，让李一德对他刮目相看。

很快，李天勤在地产行业打出名堂，并顺利成为启德集团新一代接班人的不二人选。

与黎明的会议进一步敲定了很多合作的实质性细节。经过蒙面黑衣人袭击一事，黎明坚定了同启德合作的决心。于是长夜漫漫开的会，只有一个主题，如何更好更快地推进与启德的合作。启德和艾瑞克因祸得福，那一刀，砍走了其他竞争对手的希望，让启德夺标胜券在握。

窗外的广州城渐渐醒来，街上的车也多起来，洒水车喷出的水气，为翠绿的树叶穿上薄雾般的外衣，环卫工人开始打扫街道，早起锻炼的老人和年轻人，三三两两地走在街道上。艾瑞克几乎是在清晨才入睡。晨曦还没露出金黄色，星星点点的万家灯火让他内心特别安定，充满希望。他见过无数次广州没有醒来的样子，即使安静，也蕴藏巨大能量，像熟睡的雄狮，在第一缕晨曦出现在天边的时候醒来，蓄势而发。这个充满生机的城市，让艾瑞克的梦想起飞，穿过重洋，飞向万里之外的温哥华。

这一觉，他睡得很踏实，梦中他回到了温哥华，樱花漫天春意盎然，北岸山脉上密密麻麻的房子，像积木一样重重叠叠，本拿比中央公园池塘里的鸳鸯不紧不慢地戏水，他扔面包去喂鸭子，嘉嘉在一边抢过面包也要喂。加拿大鹅排着队从面前闲庭信步，嘉嘉追赶在鸭子后面，一摆一摆，也像只小鸭子。天空蓝得似大海，云层朵朵，像极了棉花糖在湛蓝的天幕下锦簇绚烂，在苍穹深处拖着长长的尾巴。

走在笔直茂密的树林里，艾瑞克觉得梦境真实得听得到自己的呼吸声，吸进去的都是清香的木头味道，树林里的小路沙沙响，路边忽然窜出一只小松鼠，它一点不胆怯，站在艾瑞克面前，伸手讨要东西。他把手中的面包扔了一小块过去，小松鼠从地上捡起面包，两三个箭步爬上树去，无影无踪了。

下午一点半艾瑞克醒来。醒来第一件事是打开手机，看到了林静的短信，他立马坐起来，揉了揉眼睛，再看了看时间，这个时候，飞往温哥华的飞机已经在天上了。他忽然想起来，吴影也在这班航班上。

26

温哥华,被人们戏称为雨哥华,一年中有漫长的雨季。温哥华的雨沁人心脾,不徐不疾,淅淅沥沥地打湿人的心。发梢带着雨滴,甩一甩头,一脸清凉。

自在飞花轻似梦,无边丝雨细如愁。

四月底的温哥华,林花谢了春红,太匆匆。无奈朝来寒雨晚来风。樱花还没有全落,漫街被涂抹成白色,红色,绚烂而粉嫩,人行道上也铺满了花瓣,美得如同童话世界。雨不大,时常伴着有斜风,下着下着就停了。感觉空气是湿的,但不会让人难受。

五月时节,小雨还是陆陆续续地来,不舍得离去。大街上,街道里安静得要命。雨滴滴答答地打在车窗上,安安静静沿着玻璃窗流下,像夜空中划过的流星雨一般。温哥华的雨季很长,这大大小小的雨,造就了温哥华的地杰人灵,滋润着万物细无声。这里的树木长绿,这里的花儿常开,这里的心灵不易烦躁,这里的一草一木都生机勃勃。

加拿大地广人稀,全国只有三千多万人口,大温哥华地区加上低陆平原的小城，也就三百多万人口，其中华人人口大约为五十多万。有人说温哥华好山好水好无聊，是适合人养老的地方。山川大洋，风雨灵秀，温哥华的确是一个安家休养生息的风水宝地。

记得当年刚到温哥华，林静跟着吴影去看望她的朋友。朋友家的公寓就在温哥华市中心的英吉利海湾边上，从窗口可以看到太平洋，彼岸就是故乡。在窗口看夏日夕阳的余晖照在海面上闪着金光，一艘艘轮船慢悠悠地飘在水面，仿如天堂一般。

透过飞机机窗巍峨峻朗的群山磅礴有气势，天蓝得没有一丝杂质，从高空俯视太平洋内湾，它像藏在山间的一块蓝绿宝石，深沉而静谧，星星点点的白帆船小如珍珠般，好像是孩子们的玩具般小巧秀气。

温哥华国际机场位于列治文市的一个半岛上，西临内湾。列治文像是个大中国城，整个城市一半人口为华裔，大大小小的中餐厅上千个，是华人聚居的地方。

林静的家在本拿比市，那是另一个华人聚居的城市，生活很方便，距离机场也就半小时车程。

原本她和艾瑞克计划好，等攒够钱，就在西温哥华买一个无敌海景别墅。早在几年前他们的钱就已经攒够，可看房这件事需要时间，也需要艾瑞克和林静都有空的时候一起进行。

前两年艾瑞克的事业正处于上升阶段，他忙得不可开交，总也抽不出时间来同林静一起看房。原本今年夏天北京项目有了眉目，艾瑞克计划在温哥华小住上一段时间，选出心中梦想之屋。可眼前，林静看着窗外的别墅的屋顶越来越大，心里没底了。

"飞机马上要降落在温哥华国际机场，如果这里是您的目的地，欢迎回家。如果您还要在温哥华转机，祝您旅途愉快！"广播里传来空姐的声音，林静叫嘉嘉和月月收拾好东西，准备下机。

下了飞机，走在墨绿色的走道上，周围既熟悉又陌生，指示牌上中英文对照，下楼梯时巨大的图腾柱尤为亲切。一年没回来，原本以为五十年都不会变的温哥华，也悄悄起了变化。

等行李时远远看到吴影，林静勉强挤了个笑容，吴影也隔空感应到了尴尬的气氛，也就远远点头笑了笑，没走到林静身边，这让她暗暗吐了口气。此时的林静不想与吴影有任何交集，咖啡室的那一幕实实在在地伤了她。

拿好行李，林静问孩子们，要不要去列治文喝个早茶，飞机上他们没怎么吃东西，这会儿大家有点饿。孩子们一致建议先回家，毕竟拿着行李不方便去餐馆，他们便打了的士朝本拿比的家中开去。

此时的温哥华，二十来度的温度，徐徐微风吹来，凉爽舒适，空气不干也不湿，刚刚好，没有雾霾也没有尘埃，让人陶醉。林静靠着车窗玻璃，抬头看到翠绿的叶，阳光从绿叶中照射下来，照得人振奋，一切都生机勃勃却又静得出奇。电话铃声忽然响起，她拿出手机一看，是艾瑞克。

"喂。"

"老婆，到了吗？一切都顺利吗？累不累？"

"到了，一切顺利，不累。你那边很晚了，还不睡吗？"

"睡不着，想你。"

林静的心热了一下。多年夫妻，他们已经是家人，不管爱情在不在，亲情让他们的心连在一起。

"你还好吧？手还疼不疼？"林静的语气温柔而平静。

"伤口要处理，别留什么疤痕。"

艾瑞克心情很复杂，林静忽然离开，一定是因为什么特别原因，她可能知道了什么或者看到了什么，她的离开一定是因为不开心的事情，令她不愿意面对艾瑞克，连解释机会都不给他。这说明，刺激林静的事情必定是非常严重。可为什么此时的她如此平静，连质问都没有？暴风雨来临前的平静，往往蕴藏着更大的风暴。这些让艾瑞克心里泛起寒意。如果夫妻之间不能坦诚相待，那问题就严重了。

"放心老婆，我这点小伤没什么，不用担心。倒是你，一声也不吭就走了，没提前同我商量。走得这么急，我都没做好安排，你和孩子们自己打的士回家是吧？等过两天倒好时差，记得开始看房，咱们计划了这么久的买房，这次无论如何都要定下来，好不好？你先看，过段时间我忙完了就过去，把你喜欢的过一遍，帮你把把关。咱们的梦也该圆了。"

林静握着电话没有说话。她不知道如何去回答。海景房是他们多年共同的梦想，也是奋斗目标，现在马上要实现梦想了，为什么她反而犹豫不决了呢？梦想实现的意义在于，与你一起做梦的人还在，还与你惺惺相惜。艾瑞克他到底在干什么，在想什么？

"好的老公，你说了算。"女人总是口不对心，她们明明很想去问个清楚问个明白，可一开口，却说了一些合眼下时宜的话，让大家面子上都好过。"嘉嘉，月月，爸爸的电话。"林静把电话递给了女儿月月。

"爸爸，好想你啊。你什么时候来温哥华？"月月娇滴滴的话，总让艾瑞克没有招架之力。

"月月小公主，爸爸很快就去温哥华同你们团聚了，这边的工作马上到一个段落，爸爸向你保证，绝对在最短的时间内，坐火箭过去找月月。"

"爸爸吹牛，你什么时候买火箭了？"

"好好好，爸爸吹牛了。爸爸一定尽快买一个火箭给月月看看,好吗?你和哥哥要听妈妈话,不要惹她生气。"

"爸爸你别惹妈妈生气就好了,我和哥哥啊,听话着呢。"

嘉嘉一把抢过电话,"爸爸,我也想你。你快来啊,我们一起去落基山度假。你答应过我的。"

"嘉嘉,爸爸答应过的事,什么时候不算数?你乖乖听妈妈话,我很快就过去!"

"嘉嘉,月月,爸爸那边很晚了,咱们挂了吧,让爸爸休息。明天咱们再打给他。"林静向孩子们拿过电话。"老公,你早点休息,我们明天给你打电话。"

艾瑞克挂了电话后,给自己多年前的老板阿全打了电话。

"全哥,我是艾瑞克。"

"喂,艾瑞克,你回到温哥华了?"

"没有,我太太和小孩今天刚到。你太太安妮还在做地产中介吗?"

"安妮还在做地产,去年你回来就说要看房,后来时间安排不过来就没看了。怎么,今年要继续吗?"

"是啊,今年要继续,而且,今年要把买房的事定下来。你太太还留有林静的联系方式吗?我记得去年她们加了微信的。"

"应该有,我今天回去再同她确认一下。你太太近期看房吗？"

"是的，下周开始吧。这几天让她和孩子先倒倒时差。你太太最近忙吗？能安排得过来吧？"

"没问题，你和太太是我们的VIP，安妮定会优先安排。"

"全哥，那我们买房的事情，就拜托你和嫂子了，你们是最信得过的朋友。"

"放心吧艾瑞克。你嫂子那人，做事特别认真，一定会尽心尽力的。我们这么多年的老朋友，你们的事，一定放在心上。"

"好的全哥，谢谢你！我应该很快回到温哥华，回去请你吃饭！"

"客气了，谁请谁都一样！"

六月的广州已经热起来，凌晨时分，也有初夏夜的清凉。买一个面朝大海的"今生无悔房"是艾瑞克多年前对林静的一个承诺。这个承诺，终于很快要实现了！

27

  林静躺在主人房的床上，可以远眺北岸的山脉，冬天的时候，白雪皑皑一片，山的脉络和轮廓掩盖在厚实的白雪之下，隐约可见。日头好的时候，山顶还会反射着金光。夏天的远山则另有一番韵味，藏青色，深深浅浅交错纵横，很有捉摸不透的沧桑感，仿佛是从冰雪中醒来的绿巨人。看着被片片云朵点缀的蓝天和连绵苍山，她思绪万千。

  有时她脑海里会忍不住飘来艾瑞克和吴影，他和林思敏在一起的片段，恍惚中会掺杂着嘉嘉月月的时候他们在公寓里生活的场景，交错出现在眼前，一幕幕，像放电影一般。

  她记得妈妈曾经说过，人生就像放电影，眼前看到的只不过是编好演好的剧情，等电影结束了，人生也就该谢幕了。下一幕，林静该怎么演？是熟视无睹，还是追究到底？谁可以教她应该怎么做？什么是对什么是错？抑或者，人生本就没有对错，只是看问题的角度不同罢了，处在不同的位置和角度，得出的结论就有所不同。就算搞明白了对错，又有什么实质的意义吗？

大智若愚，说的就是人要糊涂一点，就算看破都不要说破。

林静晃了晃脑袋，不愿再去多想，因为就算把头想破，她也得不到自己想要的答案。与其闷在家里自怨自艾像个怨妇，还不如走出去，在温哥华美妙天地间变成一个自由的人。

休息两天后，林静接到了阿全太太安妮的电话。

"喂，李太太吗？我是安妮，阿全的太太。您还记得我吗？去年夏天你和艾瑞克还到我家里来烧烤了。"

"你好全嫂，我当然记得你啊。当年艾瑞克在阿全大哥那里打工，我同艾瑞克还在谈恋爱。时光飞逝，孩子们都长大了。去年我们回来度暑假时，去过你们西温的家里烧烤，那天晚上我们还隔海观赏了焰火，记忆深刻，对了，好像是加拿大队的表演，怎能忘记？"

安妮在电话里笑了："李太太真是好记性，连哪个队都记得，真是佩服。艾瑞克在阿全那打工时，我就知道他将来一定干出一番大事业，我和阿全都看好他，这不，我们果真没看错。"

林静笑了："您过奖了。之前承蒙全哥的照顾，艾瑞克说从全哥的身上学到了很多做生意和做人的道理，他特别感激全哥的知遇之恩。这次我们又要麻烦你们了，希望可以找到一处心仪的房子，同你们做邻居。"

"李太太……"

"全嫂，别叫我李太太，这样太见外了。就叫我静静吧，听着亲近些。"

"好的静静。那你也别叫我全嫂了，就叫我安妮姐如何？"

"安妮姐，知道您是个直爽干脆的人，接下来就要拜托了。"

"瞧你说的，这是我的工作和专业。你和艾瑞克信任我，给我这个机会，开心还来不及呢，千万别说麻烦。要不，你再把看房的要求和期望值同我说得详细些，我会按照要求去找合适的房源，然后咱们约着去看，如何？"

"太好了安妮姐。容我同艾瑞克今晚商量一下，然后同您沟通我们的要求，然后麻烦您帮我们去预约。"

"好的静静，我们明天联系。"

林静挂了电话有点恍惚，看房的事情就算开始了。估计艾瑞克已经同全哥沟通过，所以全嫂才会跟进这个电话。既然艾瑞克诚心诚意要买海景豪宅，说明他心里还是很在乎自己，也在乎这个家。就凭这点，她在想，自己是否根本就是在胡思乱想？即使眼睛亲眼看到的事情，也许未必是事情的真相？

她站在一楼家庭厅的大落地法式玻璃门前，院子里的

213

樱桃树已经硕果挂满枝头,绿油油的草地全靠园林师傅的定期打理,生机勃勃。上一年刚刚请木工师傅精心打造出来的大露台,崭新的户外沙发基本没怎么坐过,藤条靠椅旁是一个白色的单人摇椅,像一个巨型鸟笼般的造型,一晃一晃很可爱。黑罩子把户外烧烤炉包得严严实实,等待盛夏户外派对的到来。

摇椅旁边的花圃边,种着粉红色的香水玫瑰,正盛情奔放地展露着妩媚,吐露沁人心脾的香味,芬芳着整个后花园。

林静忍不住摘下两朵怒放的香水玫瑰,到厨房找到一个空的花瓶,把花插上,心情也莫名好起来。

傍晚时分,林静估摸着艾瑞克起床了,便打电话给他,她声音渐渐恢复了往日的温柔,仿佛什么事都没发生过。"老公,全嫂来电话了。问我们有什么特别要求。她会根据要求来帮我们物色合适的房源,再带我去看。老公你说,梦想之屋是啥样子的?"

艾瑞克听出林静心情不错,脸上也跟着有笑容起来:"老婆,这个'此生无悔'房是我对你的承诺,所以你来做主,你决定!喜欢什么样的你说了算。"

"此生无悔房。"林静在心里暗暗地跟着念了念。思绪又飞到多年前的那个下午,她给艾瑞克送饭,他带她到海边,隔海相望西温哥华,想象着山上的房子会如何的奢华，景观如何美得让人心醉。当时嘉嘉还在肚子里，转眼，他已是如风少年。

"说是这么说，可你毕竟有经验，还是要你来把关才对。"

"没问题，你大胆去选，只要你喜欢，价格不是问题。等我忙完北京项目，就过去帮你出主意。想你！"

林静笑了笑，"我挂了。老公你别太累了，保重身体最重要，钱是赚不完的。"

"那是，我老婆那么年轻貌美，不好好保重身体怎么行？"艾瑞克一本正经地说。

林静扑哧笑出声来，心里倒是甜的："老公，我都人老珠黄了，哪来什么年轻貌美，就你口才好，会哄我开心。"

"哪有！我实事求是，特别害怕温哥华那个好山好水好无聊的地方，那些寂寞的男人围攻我老婆呢。"

"好了好了，越说越没谱了。不同你贫嘴了，我要赶紧去帮嘉嘉和月月报名暑期班，去晚了就没名额了。"林静一边瘪着嘴笑一边挂了电话。

貌美如花？不管这是不是艾瑞克的真心话，林静听了特别开心，眼睛里都是笑意。男人的甜言蜜语，再甜都不会让女人血糖升高，相反，幸福指数节节上升。都说女人是感性动物，对于一个做了多年家庭妇女，所有人生价值都在孩子老公身上的全职妈妈，哪怕是一点风吹草动林静

215

都会敏感万分。同样，哪怕是一点小小的催化剂，都会令她内心充血，满脑袋风花雪月。

下午，林静帮孩子们报了暑假夏令营后，一起来到图书馆，她希望孩子们在书的海洋里打发时间。孩子们去了儿童图书区，她拿了几本自己喜欢的书，找了个安静的角落坐下来，细细品读起来。

"静，是你吗？"耳边传来一个似乎很远但又熟悉的声音，林静抬头看去，一个身材精瘦的中年男子不知何时走到自己面前，正热情地朝自己打招呼，眼睛里满是欣喜和激动。

原来是他？

28

本拿比中央图书馆位于市中心，紧邻本省最大的购物中心。

一座米黄色独立的建筑物，后院是市政府修建的一座小公园，树荫和喷水池为推童车的母亲提供了小憩良地。图书馆的另一侧，是自然大氧吧一般的中央公园，里面有小型高尔夫球场，夏天时是一家大小活动的好去处。

图书馆安静整洁，舒适的沙发吸引了耆英，儿童天地里各种分类图书吸引着不同年龄的孩子们。

嘉嘉和月月喜欢泡图书馆，碰到有趣的书，常常会看着入迷忘了回家。林静也喜欢看书，她寻了爱看的小说，找了个安静的角落看起来。读累了就抬眼看看窗外的樱桃树，青青的果子已经结满了枝头，个头不大热闹非凡。

当她听到有人在面前轻声呼唤时，抬起头映入眼帘的是一个清瘦的男子，大约三十来岁，个头不高，戴着一副黑框眼镜，眼睛里写着欣喜。

那种欣喜好像有点面熟，又仿佛很久没见过。是那个青年吗？那个在教学楼外等她载她回家的人？那个与她一起漫步在西班牙海滩，踩着细软沙子看海上白帆的青年，还是那个鼓起勇气对她说他喜欢她的青年？往事像潮水一样涌来，林静呆呆地看着他，竟说不出话来。

"静，是你对不对？我是彼得。"

"彼得。"林静笑了，"我知道是你，太久没见面，刚才有点恍惚了。你怎么在这里？"

"我还想问，你怎么在这里？"彼得腼腆地笑着，竟同当年的神情一般："前不久你从前的好朋友吴影告诉我你回来了，我还不信呢。"

听到"吴影"的名字，林静的眉头皱了皱，脸上有一丝不快的神情，但很快回复了平静，"哦，你还跟吴影有联系？我很长时间没找过她。我刚从中国回来，在这里度暑假。你呢？"

"我一个人，也刚从韩国回来。一回来就在想，你会不会也在温哥华，便找了好几个旧同学问你的情况。他们帮我找到了吴影，是她告诉我你回来了。"彼得的脸被窗外的阳光照着，不知是不是阳光反射，亮堂堂。

"我的孩子在儿童区看书，自己也找了几本书消磨时间。"

"你和艾瑞克，还好吗？"彼得问得有点犹豫。

林静不知该如何回答彼得的问题。这个简单的问题，竟把她问住了。"我们很好啊,他对我很好!"她把头抬得更高,仿佛这样可以增加一点自信心。

"那就好。"彼得既希望听到这个答案,又不希望听到这个答案。"什么时候回去?"

"我不知道,真不知道。"林静声音低低的,"也许会留下来。"

"真的吗?太好了!我也正想要留在温哥华呢。"

"彼得,你太太都好吧?"

"我们分手了。"

轮到林静很吃惊。几年前听说彼得结婚了,找了一个中国来的学妹,是留学生。她嫁给彼得后顺利留下来。

"是哦?抱歉彼得,我不知道,对不起,不该问你的。"

"她本来就是为了身份才嫁给我,身份拿到就走了。好像马上又嫁人了,她说那是她的真爱。我不怪她,同自己不爱的人在一起生活,比死还难受,天天煎熬想着如何可以脱离苦海。假如那个他可以令她开心快乐,也算我做了一件好事,对不对,静?"

林静愣了,在想,应该回答"对"还是"不对"。

"这样对你不公平,彼得!她不能利用你的感情,利用完了就甩了你。这样是不对的!"

"可是静,感情这东西,什么是对,什么是不对?我刚认识她的时候,她像极了当初的你,那么文弱,恬静,

219

那么需要人保护，我真的很想去保护她，给她安全感，让她有个温暖的靠背。这些东西在多年前我曾经特别想给别人的，可被拒绝了。"彼得定定地看着林静的眼神，像被胶水粘住了。

林静扭过头看被风吹着跳舞的树叶，"彼得，你不恨她吗？"

彼得呆了一下，他不是很清楚，林静所说的她，是指谁。

"静，感情这东西，没有对错，恨别人这件事除了增加自己的痛苦，起不到其他作用。人生的加减乘除，恨应该做减法，而放下应该做加法，感恩就做乘法吧，你说呢？"

"恨做减法，放下做加法。说得真好！"林静喃喃自语，彼得已经不是多年前的他，自己又何尝是以前那个敢爱敢恨的林静呢？

"静，你还住本拿比吗？"

"是的，你呢？"

"我就住在鹿湖边上，那是我一直向往的地方。清晨可以听见鸟鸣声，下午可以坐在后院，吹着鹿湖的微风，喝上点红酒，看着夕阳慢慢落下，真是人生美事。"

"读书的时候你不是一直想回韩国吗？说家里让你回去继承家业的。"

"你还记得我说过的话？"

"拜托，我不是七老八十的老太婆，记得你说过的话很奇怪吗？"

"静，我很开心你记得我说过的话。"

"你还没说为什么又回来了？"

"我向公司提议开发北美市场，总部就定在温哥华，所以回来了。还是温哥华好，这里有我的青春和梦想，还有梦中的姑娘。"

彼得说这话的时候，眼睛直直地看着林静，林静假装没看到，指着自己对面的沙发说："你看，咱们光顾着说，你站着老半天了，要不要坐下？老同学难得遇见，好好叙叙旧，说说你这些年都干什么去了。"

彼得沉默了一下，"不了，我先走了，这是我的名片，上面有我的电话，我的微信号就是我的电话。你呢？有微信吗？我们可以互加好友。"

"我的号码这么多年没变过，就是……"

"604XXX-XXXX 对吗？"彼得熟练地报出电话号码。

林静吃惊地看着彼得。"彼得，你这是人脑还是电脑啊？厉害啊，FBI 可以录用你了。太不可思议，这么多年，你居然还记得我的电话号码？"

彼得很得意："当然了，这个号码我从来没有输入电话，也不需要输入电话，每一个数字都刻在心里。"

林静表面很平静，可内心在翻滚，说不好是什么感觉，是感动，还是感叹，或者两者都有。结婚这么多年，她从来没有单独同异性聊天或者相处过，今天与彼得重逢，有一种暖流在心里流淌，是暗涌还是躁动，反正已经很久没有这种感觉了。她的世界就是艾瑞克和两个孩子，简单而纯粹。此刻，平静如水的内心，波澜阵阵。

"我的微信号就是我的手机号，你可以加我。我很少加别人，但是老同学不一样，加你了。"林静故意把老同学三个字说得重重的，好像在强调这个关系。彼得是聪明人，他自是明白她的用意，轻轻一笑："是吗？你的微信号就是电话号码？以前我想加过的，一直加不上。老同学的确待遇不一样，谢谢你肯加我，我们保持联系！先走了。"

望着彼得的背影，她心里忽然一阵惆怅，说不好是因为什么，难道是因为他眼中的那团火？林静靠着沙发，闭上眼睛，艾瑞克和吴影，艾瑞克和林思敏的影子晃来晃去，甩都甩不掉。如梦魇般向她袭来，原来，"放下"这两个字，说起来轻飘飘，做起来这么难。

29

　　林静坐在图书馆的沙发上，头倚着窗，摆在膝盖上的，是一本亦舒写的书，《寂寞的心俱乐部》。

　　她听闻，多年来一直喜欢的女作家亦舒就隐居在西温哥华，那个她即将要买房子的城市，那个靠山面海的城市。

　　这本亦舒新出版的书，讲述的是一个女作家在传统媒体开办作家栏目，专门为读者解决情感问题和婚姻问题。有意思的是，书中的女作家单身，有一个稳定的男朋友，却一直没想过同他结婚，也许是因为她说不上爱他，甚至，她都懒得去承认那是她的男友，充其量只能说是备胎。

　　林静一边看一边走神。眼前一会是艾瑞克的身影，一会是彼得的注视，一会居然还出现了吴影那诡秘的笑容。心神不定的她，半天都没翻过几页。今年夏天来得真晚，窗外的树叶被风吹得左右摇摆，推着童车的母亲拉了拉针织外套，走快几步。

　　广州人有句俗语，白天不能说人，晚上不能说鬼。就在林静恍惚的时候，摆在桌上的手机在震。因为在图书馆的缘故，手机被设成了震动，显示一个陌生的号码，她正犹豫接不接，电话挂了。林静在想，要不要回拨过去，电话又震了，这回她接了起来，压低嗓子说："哈罗。"

"喂，是静吗？"

是吴影的声音。"是我。"她冷冰冰地回答。

"亲爱的，是我，吴影。"电话那头的吴影听起来似笑非笑，"你啥时有空？想请你喝个咖啡。回来后咱们一直没聚过，我有很多话要对你说。"

林静心里万般矛盾，她和吴影是多年的闺蜜，以前无话不说，就像一对筷子缺一不可。对吴影，她愿意把心掏出来，只要吴影需要她随叫随到，尽心尽力。可眼下，就因为自己曾经亲眼看见艾瑞克亲吻了吴影，让林静有种比吃了苍蝇还难受的感觉，仿佛她和艾瑞克之间坚不可摧的感情，被吴影玷污了。

可叫她如何同吴影开口？质问她为什么要抢自己老公？怪她插足自己的婚姻？还是当作这件事情从未发生，自己什么没看见过？

在林静没想明白之前，她不想见吴影，不想装。可吴影偏偏打来约自己去喝咖啡。来者不善。林静想到这，头开始疼起来。

"我最近很忙。"

"静，这件事很重要，一定要当面同你说，不说出来，我寝食难安。"

哦？她打算向自己坦白了吗？是忏悔吗？

"我现在在本拿比图书馆，京士威大街上有一家星巴克，我们可以在那里见。"

"现在吗？"

"你方便吗？"

"给我半小时，行吗？"

"好，半小时后见。"

放下电话，林静找到了嘉嘉和月月，把他们送到离图书馆不远的姑姑家，然后到了星巴克，找了个临街的桌子坐下。

京士威大街还是同多年前一样，即使是横穿本拿比和温哥华的一条主干道，它的每一个方向只有两条道，在星巴克的正对面的路面特别宽。这个星巴克咖啡馆对于林静来说，有着特别意义。当年嘉嘉尚小月月还没出生时，她常常推着嘉嘉沿着京士威大街走，总路过星巴克，累了就进去歇歇脚，点上一杯美式咖啡，不加糖不加奶，慢慢品尝着，看着窗外来往的车辆发呆。

没多久，吴影到了，戴着墨镜的她没化妆，口红都没涂，素净的脸，简单的白T恤牛仔裤，径直坐到林静对面。

"好久不见，静静。"

林静努力笑了笑："好久不见。"

225

"静，我真不知如何开口。"吴影慢慢脱下墨镜，拿在手上，眼睛却是直直地看着林静："我是来同你忏悔的。"

林静的心怦怦跳得越来越快，她害怕听到自己不想听到的情节，脸上却微笑着"哦，忏悔，为什么？"

"因为我爱了一个不该爱的人，已经不可自拔。可我爱了他很久，真的很久。甚至可以说，比你还久。你知道吗？为了你，我最好的朋友，我只能把爱藏在心底，这么多年来备受煎熬。这种爱而不得的心情，你能理解吗？"

听到这林静反而轻松了："你在说艾瑞克吗？我怎么不知道你爱他？从来没听你说起过。不过我们家艾瑞克一向对女孩子很好，很有女人缘。"

"静，我们同时认识他，一起上课，一起做小组项目，一起吃饭看电影，一起出去玩，为什么你可以喜欢他，而我不行？"

这句话把林静问住了："吴影，那是多年前的事情，我和他已经结婚很多年。你现在同我说这些，想要我怎样？对你埋在心里对他的爱表示理解吗？"

"静，你过得很幸福，有一个疼你的老公，有两个听话的孩子，衣食无忧，过着多少人羡慕的锦衣生活。而我呢？我以为这么多年过去了，应该早就把他忘了，放下了，可是时间越久，我却爱他越深，每天都在想他，想他的一切，我已经无法自拔。"吴影的声音哽咽，眼睛蒙上了一层薄雾。

"吴影，生活就像围城，总是城里的人看着城外的好。我以前不知道你喜欢艾瑞克，现在知道了。可他是我的丈夫，我一生唯一的爱人，我孩子的爸爸。每一个家庭都有自己的幸福，当然也有自己的烦恼。你对我表白了这么多，我倒是糊涂了，你想怎样？"知道了事情的真相，林静反而觉得这比压在心里不知如何问强多了。

吴影没说话，而是把手机拿出来，点开了一段视频，就是那段在酒店里自己偷偷录下的与艾瑞克激战的视频。因为在星巴克，吴影特地把声量调到很小。

尽管做好了诸多心理准备，林静还是傻了，她根本没想到艾瑞克会背叛自己，同吴影上床。虽然画面模糊，可那是她的男人，即使化为灰烬她都能认出的男人。视频中女人放纵的音浪如尖刀插入林静的心，镜头中的摇晃就像刀刃，在心里扭转，让血哗哗往外流。天旋地转，林静闭上了眼睛，强忍的泪水流下了脸颊。这不是真的，这不是真的，这一定不是真的。她在心里默默地对自己说。

看到林静闭上了眼睛，吴影把手机收了起来，两个人都没说话，默默地对坐着。星巴克里放着黛安娜-科瑞儿的歌，《The look of love》（爱的模样）。声音低沉摇曳。

The look of love 爱的模样

Is saying so much more than 比语言可以表达

Just words could ever say 深厚得多

And what my heart has heard 我的心在听

Well it takes my breath away 我已经不能呼吸

不知过了多久，林静脸上没有表情，平静地问了一句："你到底想怎样？"

"静，我很痛苦，真的很痛苦。我知道这样做不对，可我控制不住不去想他，每天都在想他，我已经无药可救，走火入魔了。静，我真的没想过伤害你。虽然我知道说什么都没用。"吴影的脸很白，表情很挣扎，林静相信她说的话是真心话。

"不用说这些了吴影。我一直把你当作最好的朋友，希望你幸福，可你居然做出这样的事情来伤害我和我的家庭，我不会原谅你，不要以为我会退缩放手。我已经不是当年的林静，你也不是当年的吴影。我再也不想见到你。"

林静压制着内心的颤抖和刀割般的痛，起身离开星巴克。夕阳正刺眼，像一道金色的刀，割在身上，心上。林静拖着沉重的双腿，一步一步走在京士威大街上。上天同自己开了这么大一个玩笑，她该如何去面对艾瑞克？

30

　　林静给嘉嘉和月月的姑姑打了电话，说今天不去接他们回家了，然后一个人开着车，漫无目的地沿着京士威大街，开到皇家橡树大街，顺着大下坡，鬼使神差地开到了鹿湖公园。她想哭，却没有眼泪，心疼得特别厉害。因为精神恍惚，她连连闯了两个红灯，害怕这个状态下继续开车太危险，便索性把车停下，到鹿湖公园走走。

　　本拿比的鹿湖，是在市中心的一个椭圆形的湖，藏在山坡底下，被绿树环绕，俨然本拿比的灵气之湖，万物生灵和谐地成为彼此的一部分，鸟儿，鸭子和船融合为一体，是心灵栖息的静谧之处。

　　以前嘉嘉小的时候，艾瑞克总是拼命地工作，就算周末假日，他都争取多加班，难得同静来公园玩。偶然来的几次，嘉嘉指着湖上的船手舞足蹈。因为怕不安全，他们一家三口一次都没坐过船，只在岸边看着船儿慢慢地划过水面。

　　艾瑞克带着嘉嘉往水面扔石子，他很厉害，扔出去的石子又远又有劲,在水面跳跃着,连着蹦上两三次,才以优美的弧度钻进水里,看得嘉嘉咯咯咯咯笑得欢,也学着往湖里扔石子,扑通扑通地,在岸边掀起小水花。林静站在父子的身后,一个高瘦,一个胖墩墩,时光好像凝固在湖水里。

她沿着湖边的小道慢慢走着,四周望去,湖水依旧,湖面平静得如过去十几年的光阴一般,岸边的小船被整齐地拴在一起,岸上投射的斑驳影子旁,也有一个年轻的母亲,拉着一个小男孩在散步。

彼得是住在这湖边吧?隔着湖,她看到树丛中淡然安坐在湖边的独立屋,房子之间隔着花园和树丛,各自的后院带着自己主人的气息,打理整齐,井井有条的花园,有的撑着大阳伞,有的摆着精致的藤条户外家具,烧烤炉显得安逸温馨。不知是什么鸟儿在叫,叽叽喳喳,清脆如歌。

傍晚的风吹来,明明寒意逼人,可林静感觉不到冷,也许是因为心里的寒让她暂时忘记了体肤上的冷。此时的她心中有无边的冷意,脑海里却怒火旺烧。那种被最亲的人背叛,抛弃和欺骗的种种交织在一起,有愤怒也有怨恨和委屈。可纵有千言万语,却无人可以诉说。眼泪流了又干,干了又流。

她忽然想起了彼得。

眼睛被湖水吹痛,双手也有点麻的时候,她给彼得打了电话。电话只响了一声，彼得就接了。

"哈罗，静，你好吗？"

"彼得，我不是很好。"

"静，怎么了？发生了什么事？你在哪里？"

林静很想说，我就在你家后院外面的湖边。

可她还是忍住了。

"彼得你说，如果一个男人对你说谎，你该怎么办？"

"艾瑞克对你说谎了吗？"

"我是说，如果。"

"静，你听起来很低落，还好吗？"

"我没事。"

"一个男人对一个女人说谎，只有两种情况。一，太在乎这个女人，不想她受伤害。二，根本不在乎这个女人，不在乎她的感受，更不害怕失去她。"

"哦，是这样。原来是这样。"

"你怎么了静？我很担心你。可以说给我听听吗？"

"那如果女人得知，原来这个男人在说谎，该怎么办？"

"那要看看这个女人是否还爱着这个男人。看看说谎的事是大事还是小事……"

"当然还爱！可是，是大事。"

"如果还爱，有多爱？爱是一个很重的词，它代表永久宽容和忍让。我们有时不知道，也不能真正理解爱的含义，因为它真的很重。"

"爱，很重。永久宽容和忍让……"

"静，你想出来喝咖啡吗？你还在图书馆吗？我在家，开过去很快。要不，我们去京士威街上那个星巴克喝咖啡，好吗？"

彼得，你们家附近不是也有一个小咖啡馆吗？要不，我们在那里见？林静在心里说这句话，但她不知道这个时候去见彼得，是不是一件对的事情。向他哭诉艾瑞克的背叛吗？向他吐露自己的苦楚吗？她和彼得刚刚在分开十几年后重遇，现在去向他倾诉心声，他会怎么想？不行，她做不到。

"不了彼得。我没事。夕阳很美。"林静驻足湖边，眯着眼睛看天边的红霞，火烧云般的红霞，天际全是斑斓的色彩，金色红色玫瑰色，如梦幻般弥漫，"今天的晚霞美得让人心碎，看着它我好像看到了海市蜃楼。晚风有点凉，但它让我保持清醒。人不能一直活在梦幻中，不是吗？"

"静，理想和现实总有距离。人，也没有完美的。我猜你现在遇到了难题，人生的难题总是让人难以选择。我不知道如何安慰你，只想说别太难为自己，跟随内心就好了。实在想不出答案也没事，放下它，不解决也是解决问题的一种答案，不是吗？"

"不解决也是解决了。说得好！谢谢你彼得。夕阳快落山了，我追夕阳去了。"

挂上电话，林静忽然感到了莫名的轻松。她曾经痛苦，愤怒，不知所措。自己到底有没有做错什么。既然想不出答案，干脆不去想它，让自己冷静一段时间，再去面对和处理家庭问题，以及与艾瑞克之间的相处。

林静给全嫂打了一个电话。"安妮姐，我最近要出门旅游一趟，看房的事，暂时先放一放，等我回来再与你联系，好吗？"

"没问题，准备去哪里旅行？"

"还没想好，可能去班夫吧。几年前全家去过，想去重温一下旧时的回忆。"

"班夫是个好地方，可以净化心灵。回来有空看房再联系我。"

看房的事情，是艾瑞克热心张罗的，那本是他同林静的一个约定，十几年前的约定。他信守承诺，想让林静住上"此生无悔房"。可如果家都散了，住上这样一个大豪宅，岂不是讽刺？又有什么值得高兴的呢？没有了家，此生已然不同，住与不住，对林静而言，没有任何意义。

很久没有带嘉嘉和月月出去玩了，命运把林静推到了此刻，那就索性离开这里，不去想那些乱七八糟的事情，换一换心情再说。

天空飞过一只白色的大鸟，好像是白头鹰，在漫天的红霞中,那白色就像一道弧光。鹰的翅膀扑闪扑闪,苍劲韵动,从高空一下冲下来,不知落到了哪棵参天大树上歇脚。这一湖水的往日记忆忽隐忽现,在眨眼间渐渐沉入湖底。湖面依旧是墨绿色,一动不动。晚风吹过,湖面的涟漪像心尖上的皱褶,隐痛。生活还要继续下去,不管艾瑞克是否还是她林静的丈夫,他依然是嘉嘉和月月的爸爸,是同她一起生活了十几年的伴侣。要不要携手余生,这是一个难题,也是一个考题。可没有艾瑞克的林静,还能相信爱情和婚姻吗?

31

夏天的广州，热浪逼人。日头晒得很，却少有风。三十多度的日常，可以把行走在户外的人烤蔫，大家都愿意躲在空调房里吹冷气，四季常绿的树，在日头下蔫巴巴的，了无生气。

再热的天，人在心情好的时候，感受到的是热气腾腾的生机，即使看到毒辣辣的太阳，仿佛散发着灿烂的金光。林静和孩子们回温哥华了，艾瑞克更是甩开手脚全力投入工作中去，常常安排同黎明开会，陪他去视察工地，查看启德正在做的项目。虽忙虽累，黎明满意的眼神便是艾瑞克的定心丸，他信心满满地知道，拿下北京工程指日可待。

因为林思敏的关系，黎明一直留在广州，并花了很多心思和精力去考察启德公司。随着与启德进一步紧密接触和深入了解，他对启德实干精神，细致严谨的成本核算，忘我的作风赞许有加，为李一德专心打造百年老字号品牌的执着感动，再加上艾瑞克身上没有富二代的纨绔风气，相反，他是一个特别吃苦耐劳也没有任何老板架子的新一代掌舵人,常常深入一线工地,为了赶工程进度不眠不休地拼搏。黎明喜欢这样的启德,放心同这样的企业合作。

林思敏一直在医院疗伤,作为父亲的黎明放下了北京所有事务,专程留在广州陪女儿。他每天都到病房同林思敏聊天,或给她送爱吃的东西。有时太忙,傍晚到医院陪林思敏吃个晚饭就走。她住院的那些天,居然成了人生中同父亲单独相处时间最长的一段日子。

有时黎明待上一个上午,给林思敏讲她小时候的事情;有时应林思敏要求,回忆年轻时同太太在乡下度过的插队时光。林思敏的妈妈是黎明插队时那个村的村长女儿,也是当地有名的美人儿。黎明是城里来的高中生,风趣儒雅,见识多广,一下就成为当地女孩子们关注的对象,吸引了包括林思敏妈妈在内的很多女孩子的目光。黎明偏偏喜欢上了林思敏的妈妈。可他们的相爱受到了双方父母的反对。林思敏的外公外婆认为黎明迟早要回到城里,且与他们不是一类人。黎明的父母认为娶妻当娶门当户对的女人,如果双方成长背景,家庭情况相差太远,即使结婚也不会幸福。可黎明和林思敏的妈妈铁了心要在一起。就在他们好不容易排除万难结婚,并生下林思敏后没多久,黎明就有了返城机会。

生活就是这样,当你刚想过上几天无欲无求安安稳稳的日子时,命运会向你抛来一个毒苹果,看你如何选择。

当时黎明若义无反顾地回到都市,将背负抛妻弃儿的罪名;倘若不回城,错失了机会,他定会悔恨一生。

大孝子黎明最后还是不忍心让年迈的父母老无所依,决定返城。不得已只能将林思敏母女留在乡下,自己在北京从零开始打拼。他觉得自己本来一无所有,必须闯出名堂来,把老婆女儿接到北京。

"爸爸,你知道我和妈妈有多苦吗?我以为你不要我们了。"林思敏说这话的时候,定定地看着黎明,盖在床单下的双手紧紧握在一起,既紧张也气愤,可她表面尽量保持平静,语气如常。

"我知道。"黎明的语气开始有点激动,"敏敏,你和你妈是我在这世上最亲的亲人,我怎么可能抛弃你们?你妈嫁给我的时候,美的像一朵花,那是女人最美的年龄。而我什么都没有,就是穷学生一个。周围没有一个人看好我,就你妈妈认死理,说什么都要嫁给我。你外公不同意,她就以死相逼。这份情义我一辈子都记着。人生在世,讲一个情字,一个义字,如果没有情和义,人同动物有什么区别?"

"爸!我……"林思敏对黎明说出自己多年来压在心里的怨恨和不解后,一下感觉轻松多了。她怎么可能不知道爸爸对自己的好?"小的时候,总是见不着你,需要你的时候见不到你,想你的时候没有你,被人欺负的时候不知去哪找你,你知道吗?"林思敏声音开始发抖,眼睛开始模糊。

"敏敏,都是爸爸不好,爸爸没能陪伴你成长,不能保护你,给你关心不够。这些都不是你的错,真的,不是你的错,是爸爸的错,爸爸向你道歉。"

林思敏终于忍不住,哇哇大哭起来。如果泪水可以洗去所有不开心的回忆,那就让泪水流干吧。

黎明坐在病床前,陪着她默默流眼泪。父女俩不说话,一个大哭,一个陪着,在病房里感受一个不同寻常的夏日。

艾瑞克站在病房外,看着眼前这一幕,鼻子忍不住酸起来。有多少人能与往事和解,能自我原谅,能放下过去?他本想去看看林思敏,可这难得的独处机会,还是留给他们父女俩。属于他们的时刻终于到来了。虽然迟到,但好在没有缺席。林思敏从床单中抽出一只手,紧紧地握住了黎明的手。黎明愣了一下,努力抑制住自己的情绪,他把自己的另一只手,搭在林思敏的手上,紧紧地握住。

"爸爸对不起,我恨错你了。"

黎明再也忍不住,哭了出来。男人的抽泣,比女人更伤心,艾瑞克听到了欣慰和开心。

林思敏出院那天,正是黎明公司召开记者招待会的前一天。艾瑞克到医院来接林思敏,看到黎明。

"李总,我们公司已经决定明天在北京召开记者招待会，正式宣布选择启德公司作为承建商，共同开发北京项目。我们相信，启德有这个能力和魄力将我们的北京项目做好。恭喜你李总，所有的努力都没有白费，我们都看在眼里。今后，启德将是我们集团的重要合作伙伴，让我们携手共进，共创辉煌！"

成功到来的时候，通常不会提前打招呼。幸福来临的时候，也不会向你预告。所有的圆满看起来不费吹灰之力，可谁又知道，这世上本就没有唾手可得，更没有瞎猫碰到死老鼠，一切的不费力都是万般努力的结果。

艾瑞克既意外也很心安理得，他强按心中的狂喜，平静地说："十分感谢黎董的信任。天勤代表启德表示感谢，黎董您慧眼识英雄，选择启德，我们一定不会让您后悔。这将是您做得最英明的决定之一。您放心，启德绝对不会让您失望。"

"这是敝公司的荣幸。不知您明天是否可以明天代表启德到北京参加记者招待会？到时我们可以在现场签一个合作意向书，走一下形式。真正的合同等法务部过目后，就可以发给贵公司过目。"

"太棒了黎董。您这办事效率真是高啊。您邀请我去北京，我求之不得，荣幸之至。我们北京见！"

"李总，我有个不情之请，不知当说不当说。"

"黎董您客气了，请直言。"

"是这样，我想把小女敏敏留在北京。毕竟一个女孩子常年离家在外，实在太苦了，也不安全。我不放心她自己在广州，当然，她很喜欢自己的工作，也不想离开启德公司，我在想......"

"黎董，明天起，林思敏小姐调任北京办事处任项目经理，继续负责北京项目，负责与贵公司对接。"

黎明笑逐颜开："李总您真是善解人意。"

"思敏，我没同你商量就把你调到北京去了，你不会不开心吧？"艾瑞克假装惶恐地问林思敏。

林思敏笑笑，挽起黎明的胳膊，"谢谢老板，能回北京，继续负责北京项目，简直完美，我求之不得。谢谢您。"

黎明有点恍惚，林思敏居然主动挽起自己的胳膊，像小时候同自己撒娇一样，幸福来得太突然，他不知如何反应。"感谢，真心感谢。"黎明心怀激动，女儿不但不再怨恨自己，还向自己示好。这比他赚到多少钱还开心。

人的开心很大程度上与金钱没有直接关系。

安排好林思敏去北京工作，艾瑞克心理上一下轻松很多。他希望自己是一个感情绝缘体，这样可以避免很多不必要的麻烦。

32

参加完记者招待会，艾瑞克回到广州，忽然想起已经好几天没同林静通电话。如果艾瑞克不给林静打电话，她不会主动打来，一来不想让他觉得她在查岗，二来大家有时差，孩子们有忙碌的暑期安排。他看了看表，温哥华应该是早上九点，便打电话给林静。

电话无人接，他又打，还是无人接。他换用微信语音拨号，依旧是无人接听。可能林静忙吧，等一会再拨。

艾瑞克过了十五分钟后又拨，依然没人接。

这非常反常。

通常林静如果不方便接，就会发个信息过来说一会打回来。可此刻不仅没人接，也没有短信，这就像往空洞的深井里投了很多颗石子，有去无回，了无气息。

艾瑞克有点慌，害怕出了什么事。他给姐姐打电话。

"二姐，是我。"

"这么晚了怎么还没睡？"

"二姐，你最近有没有见到静静和孩子？"

"有啊，上周她还把孩子放到我这一下午，说有事情。不过也好几天没见到她们了。怎么了？"

"刚才打给林静，一直没接，我怕出什么事。二姐，麻烦你给她打一个电话，然后给我打回来。"

艾瑞克放下电话，心里莫名其妙有种不安的感觉，隐隐觉得这件事有蹊跷。

不一会，二姐打回来，告诉艾瑞克林静很快接了电话，一切正常，电话里听起来没什么异样，应该没问题。艾瑞克不安的感觉越来越重，他知道一定是哪里出了问题，所以林静不接他的电话。可是，问题出在哪里呢？北京项目终告一段落，艾瑞克可以稍微休息一下。想到这里，他马上叫菲利普定了第二天一早飞温哥华的机票。

飞机降落在温哥华国际机场的时候，艾瑞克用中国手机给吴影打了一个电话。"喂，亲爱的，怎么想起给我打电话了？"吴影娇嗲的声音让艾瑞克心生厌烦。

"你同林静说了什么？"艾瑞克刻板而凶恶。

吴影一下愣住了："你在说什么呢艾瑞克，我听不懂。"

"明人不做暗事，说吧，你到底说了什么？"

"我什么也没说啊。"

"吴影，你做过什么龌龊事我心里清楚，那天晚上的事情我都调查清楚了，你太不自重了。请对我说实话，你到底对林静说了什么，如果你伤害到我的家人，我不会手软。

到时别怪我不念旧情。说吧，我最后给你一次机会。"

艾瑞克想了一路也没想出来为什么林静不接他电话，唯一可能的原因，就在吴影身上。吴影回到温哥华，很有可能约林静见面，然后不知说了什么让林静如此生气，气到不接自己的电话。于是艾瑞克想到一招，打电话去套吴影的话，他没有把握问题是不是出在这个上面。

电话那头沉默了很久，终于，吴影很不情愿地说："艾瑞克，我是真心爱你的，不是贪图你的钱或者地位，更不是一时兴起随便说说，我爱了你十几年，而且这份爱，没有随着时间的推移而减弱，相反，越来越浓。你不知道我陷得多深。回到温哥华，我常常去你以前打工的杂货店，摸着瓜果仿佛摸到你的手。去你曾经打工的饭店吃饭，幻想那个带位的小哥就是你，那个传菜的男生就是你。去你曾经……"

"够了吴影！不要同我说这些，我只想知道，你到底对林静说了什么！"原本温情脉脉的表白，在艾瑞克的耳中听到的全是噪音，刺耳且烦心。吴影说得越多，表明事态越严重。"我们之间没可能！你醒醒吧吴影！不要以为你对我动了手脚，我就会爱上你，这是痴人说梦！是荒唐！你现在最好一五一十地对我说，你到底对林静做了什么，不然我对你不客气！"艾瑞克大吼起来，全然不顾机场来来往往的人群。

"不试一试怎么知道不行？人生本来就是一场赌局，愿赌服输。爱情更是一场赌局，你要输不起，就出局。我不怕，有什么可怕的？爱一个人就要想尽一切办法去赢得他的心，这有什么错？起码我试过了，这对我十几年的爱是一种交代。艾瑞克你永远不会懂！你们男人翻脸比翻书还快！"

吴影的字字句句让艾瑞克的后背发凉，她一定是对林静说了什么不该说的话，或者看了什么照片，让林静误会了他们的关系，她才如此决绝地不接自己的电话。

"吴影你真卑鄙，从此我不认识你这个人，请你离我，离我的家人远远的，我不想与你再有任何瓜葛，你听明白了吗？我们之间永远不可能！不然的话，我会让你后悔认识了我这个人。"

人和人之间，是否言语的决绝就够了？有时，转身就是天涯，真的永远不见。艾瑞克身边有一个接机的西人男子，看着年过半百，瘦瘦的脸，胡子刮得干干净净，穿着一件宽大的西装，可能是年轻时胖的时候买的。他手里拿着一束很简单很朴素的黄色菊花，焦急地往出口张望。

哎，中国人去看望故人才准备菊花，特别是黄色的。真搞不懂这些西人是怎么想的，艾瑞克在心里感叹。那花也太寒碜了，最多五元加币。

一个胖乎乎的西人女子从出口跑出来，背着一个双肩包，梳短发，戴着古板的近视镜。她张开双臂，向西人男子奔过来,两人激动地抱在一起,西人男子连连在胖姑娘的脸上亲了好几口。"好想你啊。"男子轻声地说。

"我也是。哇,你还买了花。这花真美,谢谢你,我太开心了。我天天都想回来,想你。"

艾瑞克听着忽然想哭。他多久没给太太买花了?就算是五元一束的菊花?多久没有用力地拥抱她,告诉她自己在想她?

婚姻这个东西就像做生意,如果不花心思,迟早要黄掉。如果生意还能做下去,只是勉强维持,那也是岌岌可危的,不知哪天,哪个环节出了小问题,就算是同婚姻本身无关紧要的问题,大家可以说散伙就散伙。分开的时候,立刻成为陌路人,好像过去十几年一起生活比梦幻还要虚无。

婚姻中的幸福感,与金钱关系不大。虽说贫困夫妻百事哀,可如果富贵的生活要以无止境的工作为代价,那么夫妻间的感情是无法维系的。

当艾瑞克疲于打工的时候,一旦有空,还特地带林静和嘉嘉去公园喂鱼扔石子。就算挣钱很少,他也会每周下馆子吃饭。回到广州后,他根本没有时间同孩子们去公园,更别说旅游了。餐馆倒时常常去,档次也很高,但基本是与商务有关的应酬。自家人吃饭的时候,他也是一个电话接一个电话。艾瑞克的心里全是工作。林静和孩子们,仿佛成了事业之外的一种摆设，人有我有。

房子越住越大，银行里的钱越来越多，可幸福感越来越少。那些温哥华最初日子里虽苦犹甜的记忆，才是幸福家庭的感觉。而现在，像一个停不下来的工作机器人的艾瑞克，幸福从何得来？是住上"此生无悔房"？还是什么其他？什么东西能让他兴奋和开心起来？现在与太太和孩子们忽然失去了联系，他除了有一个庞大的事业王国，还有什么？

艾瑞克越想越怕，他叫上一辆出租车，向本拿比的家驶去。

出租车快开到家门口的时候，艾瑞克远远看到一个男人的身影，在自家的前院。那个身影很熟悉，好像在哪见过，但又很陌生，想不起是谁。

他叫司机停在离家两三家房子的前面，坐在车里看，先不下车。

林静从屋里走出来，站在那位男子的面前。一段时间没见，她居然瘦了很多，颧骨都突出了，显得很憔悴。男子的声音若隐若现，林静还是那么恬静优雅，声音很低，听不清楚。

男子说："静，明天我去送你吧。太早了，叫的士不方便。"

林静摇摇头，淡淡地笑，看口型，好像在说不用了。

男子继续坚持说："那你回来我去接你？"

林静继续摇摇头，还是淡淡的笑，看口型，好像说了句真的不用。

这是一个阴天，天空是淡灰色，云层躲在天幕后面，气压很低，让人有点喘不过气来，风儿有点急，吹着前院的绣球花摇曳。林静穿着一件白色的荷花边上衣。风吹得上衣的荷花边翻起来，显得人更瘦更单薄。

艾瑞克看着心疼，也有焦虑。这个男子是谁？林静没有异性朋友，为何对这个男子虽保持距离却温柔地笑。他们是什么关系？他从口袋里掏出一盒烟，从里面拿出一根，正想点上，看到前排倒后镜里的士司机的眼睛，便又把烟塞回烟盒，把烟盒放在手里翻来翻去。

他忽然有种恐惧的感觉，仿佛眼前的林静已经是与自己不相干的陌生人，这种感觉不好，让他有一种从所未有的恐惧感。

一样自以为属于自己的东西，从不想会失去的一天。林静的存在，就像自己的毛发，手脚，心脏一样的自然，又怎么可能有失去的一天？可眼前的她，为什么看着这么陌生？

男子好像无法说服林静，便失落地转头离开。林静对于自己决定了的事情，是不会改变的。艾瑞克暗想一定不能让她做出什么决定，要在一切都还来得及的时候，做出最大努力，艾瑞克暗暗下了决心。她最爱绣球花，特别是紫色的。她觉得花开得既绚烂又妖娆，是自己这辈子向往的一种状态，可能因为心生向往的，都是自己想做又做不到的事情，所以格外喜欢。

看着林静走回屋内，艾瑞克给出租车司机一个地址，让他开往那个地址。

满园的绣球花在风里跳舞。

温哥华的八月，是一年中温度最高的月份，一早一晚还是很凉。林静一早把嘉嘉月月叫醒，叫了出租车到旅游大巴集合点，准备上车。

夏天的温哥华天亮得很，不到五点天就亮了。七点她们来到候车点时，天已经大亮。她们一人一个手提行李箱，嘉嘉和月月每人手上都抱着一本书，各自看着书，林静戴着一个圆边的小草帽，迪奥的墨镜，背着黑色的露露蕾梦运动背包，一副青春的模样。

风吹在脸上凉凉的。班夫之旅，是一场说走就走的旅途。

"哥，你说爸爸什么时候回来？他要是能同我们一起去旅行就好了。"

"月月，小声点，别让妈妈听到。那天我说要打给爸爸，约他一起来，她都不让，还说我打扰爸爸工作。我觉得好像她是故意不让爸爸来的。"

"啊？不会吧？为什么呀？我们一家四口去玩不是很

好吗？这么久没见爸爸，我好想他。哥，你想他吗？"

"当然想啦。天天都想。可妈妈说，爸爸工作很忙，他要管很多的事，特别辛苦，我们不要去打扰他。月月要是想爸爸，下回你同他多拍几个视频，想他的时候拿出来看看。"

都说孩子不懂大人事，谁不知孩子的心比明镜还清。大人自以为聪明地想在孩子面前掩盖什么，其实都是欲盖弥彰。孩子们能清楚地感受到大人之间到底是一种什么关系，亲密还是疏离，真情还是假意，一切的假话在孩子们面前其实很苍白。如果孩子很配合地按照家长的指示去表现，那只是他们不想戳穿大人而已。一个有爱的家庭，孩子会被爱治愈，拥有爱人和被爱的能力，反之，孩子一辈子可能都欠缺爱人的能力。

"哥，你说祷告有没有作用？如果有，我想祷告让爸爸快快来到我们的身边。"

"月月，这个不好说，我们班上的玛丽和彼得喜欢祷告，我看他们每天吃饭前都祷告，不知他们的愿望实现了没。试试吧，没准管用。"

林静默默地站着，嘉嘉月月的话飘过耳边的时候，好像很远，远得如那些尘封的往事，又好像很近，近得像眼前北岸的群山，青黛延绵。她何尝不思念艾瑞克，思绪穿过太平洋，随着风而去。

249

"大家请上车,除了前三排的位子是已经付费的座位,其他的位子可以随便坐。"导游的声音传来,把林静拉回现实。

"嘉嘉月月,我们把行李箱放到大巴的底层,然后排队上车。"

嘉嘉月月放好行李箱,挑了两个中间的位置坐下,林静在他们座位的后面坐下来。车还有一段时间才开,她便把头靠着窗眯一会,早上起得太早,有点困了。

"小姐,我可以坐在这里吗?"好像在梦中,她听到了艾瑞克的声音。林静心跳加快,赶紧睁开眼睛,是艾瑞克!怎么会这样?

还是十几年前那个一头金发的小伙子,他居然站在自己的面前,坏坏地笑。林静怀疑自己在做梦,便一把摘下墨镜,揉了揉眼睛。前排的嘉嘉和月月在吃吃地笑,月月小声说:"爸爸怎么染了个金头发?太好笑了!"

艾瑞克身穿白色的 CK 恤衫,身穿蓝色牛仔裤,分明是那个初见的夏天,伸出手同自己说,你好,我是艾瑞克的人。这不是在做梦吧。

"你怎么来了?"林静的脸上泛起了红霞,又故作镇定地掩盖着自己的惊喜。"什么时候回来的?怎么没打电话给我?"林静下意识地问。

"老婆,我打了多少电话给你,你都不接啊!"艾瑞

250

克还是那个有点痞气的少年,"我想同你们一起去旅游,可以坐下吗?这座巴士本已满员,你都不知道我出了多高价钱才买到这个位置呢。"

林静笑了,"你活该!谁叫你不早一点定位?"

嘉嘉和月月在前排哈哈地笑。月月一下站起来抱住艾瑞克,"爸爸,我想死你了!"艾瑞克低头亲了亲月月的头发,"我的小公主,爸爸也很想你。"

"既然重金买了位置,那就坐下吧,别浪费了。"

"妈妈同意我坐下了,我得赶快坐下,接下来四天的旅行,爸爸负责给你们照相!月月想吃什么雪糕,妈妈不让买,爸爸买!"艾瑞克一边同月月挤眉弄眼,一边偷偷看林静,顺势坐到了她身边。

林静的心还是蹦蹦蹦地跳得慌,她别过脸去,看向窗外,没有说话。

"在生我气吧?"艾瑞克凑到林静的耳边,轻轻地说:"她给我下药了。"

"什么?你在说什么?"林静扭头震惊地看着艾瑞克。

"你看到的东西,都是她设计的。她把我骗到酒店,趁我不注意在我的酒里下了特别的药,我的行为不受自己的控制,才做出了荒唐的事情,才会有你看到的东西。不管你看到了什么,那根本不是我,是被下了药的我。请相信我,我从没想过去做任何背叛你的事情。曾经有女人,不止一个女人想上我的床，她们什么也不穿，站在我面前。我看着她们，就像看着雕塑一样。那些女孩子都是最好年华的身材和模样。可不管她们做出怎样的诱惑，都不会令我心动，因为我不想，也不能伤害你。如果我真想干点什么，实在太容易了。但我从来没有做过。这一次是被她算计了。菲利普找到她下药的包装，专门拿去调查了，真相大白。今天我来，除了想告诉你事情的真相，还想让你再次爱上我，就像当初一样，好吗？"

林静脑子乱哄哄的，艾瑞克的一番话让她震惊，那个自己曾经的闺蜜，居然做出了这样的事情。她该不该原谅艾瑞克，给他，也给自己一个机会，重新去爱？

艾瑞克不说话，右手慢慢地握着林静冰凉的手。

车开了，窗外的树齐齐往后，绿色的影子映在窗玻璃上。

太平洋吹来微微的风。

（全书完）